J. F. (Johann Friedrich) Jünger

Der Revers

Ein Originallustspiel in fünf Aufzügen

J. F. (Johann Friedrich) Jünger

Der Revers
Ein Originallustspiel in fünf Aufzügen

ISBN/EAN: 9783743383135

Hergestellt in Europa, USA, Kanada, Australien, Japan

Cover: Foto ©Andreas Hilbeck / pixelio.de

Manufactured and distributed by brebook publishing software (www.brebook.com)

J. F. (Johann Friedrich) Jünger

Der Revers

... piel

Qu... ! libellus,
Sec...
... Mart.

Für das kaif. kön. National-Hoftheater.

Wien,
gebruckt bey Joh. Joseph Jahn, k. k. privil.
Univerfitäts-Buchdrucker, und zu haben beym
Logenmeifter beyder k. k. Theatern

1788.

Personen.

Graf v. Frohburg.
Friz Frohburg, sein Neffe, in Militairdiensten.
Fräulein Nanette v. Edelberg, seine Mündel.
Baron v. Seeburg, ein Landedelmann.
Karl v. Seeburg, sein Sohn, in Civildiensten.
Fräulein Henriette v. Fernau, seine Mündel.
Dorchen, Henriettens Mädchen.
Lischen, Nanettens Mädchen.
Johann, Frizens Bedienter.
Bediente des Grafen.

Die Handlung geht in einem Hause vor, welches der Graf und der Baron gemeinschaftlich bewohnen.

Erster Aufzug.

Erster Auftritt.

(Wohnung des Baron Seeburg.)

Dörchen (mit aufräumen beschäftigt.)

Das ist wahr, auf dem Dorfe ist und bleibt man nur ein halber Mensch! Da ist's doch mit der Stadt ein ganz anders Ding! Ich habs nur gestern Abends im Durchfahren gesehn. Was das für ein Gewühl von gepuzten Leuten war. — Ich wollte nur ich könnte so recht herumlaufen, und alles recht besehn. Aber da würd' ich bey unserm Alten schön ankommen. Wenn er nur erst mit Fräulein Henrietten verheurathet ist, so werd ich schon etwas mehr Freyheit bekommen. Weil er jezt seine Geliebte eingesperrt hält, so glaubt er, er muß ihre Vertraute per Kompagnie mit einsperren. — Ganz unrecht mag er wohl nicht haben, aber man wird doch ein solches Leben satt!

Zweyter Auftritt.

Dorchen, Henriette.

Henriette. (Kommt aus einem Nebenzimmer gesprungen.) Dorchen! Liebes Dorchen! Ich hab ihn gesehn! Ich hab ihn gesehn!

Dorchen. Je wen denn, gnädiges Fräulein?

Henriette. Ich muß nur noch einmal nachsehn! (Sie läuft wieder hinein.)

Dorchen. Was soll denn das heissen? — Ich glaube es rappelt mit ihr.

Henriette. (Kommt wieder heraus.) Ja er wars liebes Mädchen, er wars! — Er gieng dort die Allee hinauf. — Ach ich weiß nicht wo mir für Freuden der Kopf steht!

Dorchen. (Für sich.) Und ich wollte schwören, sie hätte gar keinen.

Henriette. (Ganz ausser Athem.) Sieh doch ob er etwa wieder zurückkommt. Ich thäts gern selbst, aber ich fürchte, ich kann mich nicht halten: Ich schreye gerade zum Fenster hinaus! — Nun geh doch, geh doch! — (Sie stößt sie nach dem Nebenzimmer zu, holt sie aber wieder zurück.) Warte, Du kannst's ja aus dem Fenster hier eben so gut sehn.

Dorchen. Aber sagen Sie mir nur — Ich weiß ja nicht nach wen ich sehn soll? — Wer soll denn wieder zurückkommen?

Henriette. (Welche sich auf einen Stuhl geworfen und ein Weilchen nachgesonnen hat, springt plötzlich auf.) Dorchen, ich heurathe den alten Baron schlechterdings nicht!

Dorchen. Nicht? Das wär schön! Und der Tag Ihrer Vermählung ist schon auf den Montag angesezt, die Brautkleider sind bestellt ——

Henriette. (Noch determinirter.) Und wenn ich schon mit ihm im Wagen säß, um zur Trauung zu fahren, es wird doch nichts draus.

Dorchen. Und das fällt Ihnen so jähling ein? Wie kommt denn das?

Henriette. (Indem sie immer nach dem Fenster sieht.) Das will ich Dir sagen: Erinnerst Du Dich wohl noch des Offiziers, der vor zwey Jahren bey meinem verstorbenen Vater im Quartier lag?

Dorchen. Ich werde doch! Der Baron Frohburg!

Henriette. Der war's, den ich vorhin vorbeygehn sah.

Dorchen. Ah, nun ist mir alles klar! — Ja lieber gnädiger Herr von Seeburg, nun werden wir Ihnen wohl schwerlich mit unsrer Hand aufwarten können! — Also der Baron Frohburg ist hier! — Und sein Johann wohl auch?

Henriette. (Immer am Fenster.) Ach was geht mich sein Johann an! Da hätt' ich gleich Zeit, nach dem zu sehn!

Dorchen. Ey um Vergebung! Aber ich habe Zeit. Wenn Sie erlauben, so will ich mich nunmehro ein wenig auf die Wache stellen. (Sie will ans Fenster, Henriette vertritt ihr den Weg.)

Henriette. Sieh, sieh! Dort kömmt er wieder! — Nein, er ist's nicht! — (Verdrüßlich.) Es giebt aber auch so eine Menge Offiziers hier!

Dorchen. Nun, Sie sind wohl das Erste Frauenzimmer hier, das sich darüber beschwert! — Ja gnädiges Fräulein, alles wohl überlegt, daß der Herr von Frohburg hier ist, das ist ganz gut, aber wie an ihn kommen?

Henriette. (Nach einer Pause.) Höre Dorchen, ich habe einen Einfall: Ich werde den Baron an ihn schicken; durch den soll er erfahren, daß ich hier bin.

Dorchen. Den Baron? Unsern alten Herrn? — O du glücklicher, dreymal glücklicher Bräutigam! Hat man je so etwas gehört, daß ein Mädchen ihren Bräutigam an ihren Liebhaber abschickt, um ihm ihre Ankunft zu melden!

Henriette. O Du sollst noch viel tollere Dinge zu hören bekommen! Der Baron soll mich nicht umsonst fast zwey Jahre lang auf dem Lande eingesperrt gehalten haben! Ließ er wohl eine menschliche Seele zu mir? Hatte ich wohl eine andre Gesellschaft, als ihn, seine beyden Jagdhunde und den alten Martin, der immer auf uns beyde Achtung geben mußte? Ich weiß wohl, warum er das that: Ein Gänschen wollte er aus mir machen; aber nun soll er sehn, ob ich eines geworden bin! Ich bin zwar nur erst achtzehn Jahr, aber hier — (indem sie auf die Stirne zeigt.).

Dorchen. (Einfallend.) Vierzig! Ja, das ist immer bey uns Mädchen so der Fall: Immer laufen unsre Köpfe um volle zwanzig Jahre vor unserm Körper voraus, und wenn sie dann der Körper eingeholt hat, dann verlohnt sich's kaum mehr der Mühe, Kopf zu haben. Drum ist's immer besser, man läßt ihn im achtzehnten laufen so weit er will, und behilft sich indessen ohne Kopf so gut man kann.

Henriette. O nein! Ich werde Kopf haben, dafür steh ich Dir. — Ich hätte längst schon gehandelt, aber konnt' ich denn? Hatt' ich denn jemanden auf den ich rechnen konnte? — Aber

jezt

jezt ist der Zeitpunkt. Ich will den häßlichen Baron bey der Nase herumführen, daß Du Deine Lust haben sollst. Er denkt, er hat das arme Vögelchen im Bauer, aber ehe er sichs versieht wirds ihm davon fliegen, und er selbst soll ihm zu seiner Befreyung die Hand bieten.

Dritter Auftritt.
Vorige, Baron Seeburg.

Henriette. (Ihm entgegen.) Nun endlich! Dacht' ich doch, Sie würden gar nicht wiederkommen!

Seeburg. (Küßt ihr zärtlich die Hand.) Wirklich? Hat mein Mäuschen das gedacht? — Das ist mir lieb! Das will so viel sagen, als daß meinem Jettchen in meiner Abwesenheit die Zeit lang geworden ist, nicht wahr?

Henriette. Nun, an die Langeweile haben Sie mich so ziemlich gewöhnt! — Es ist mir aus einer andern Ursache lieb, daß Sie kommen. Sie glauben gar nicht, was ich unter Ihrer Abwesenheit für Angst ausgestanden habe! Nicht wahr Dorchen?

Dorchen. Erschreckliche Angst! — (Für sich) Was will sie denn damit?

Seeburg. Das will so viel sagen, als es ist Ihnen Angst um mich gewesen?

Henriette. Nein das nicht! Um Sie wahrhaftig nicht! Es war ein ganz andrer Gegenstand der mich in Unruhe versezte. Ich zittre noch über und über!

Seeburg. Ach du lieber Himmel! so sagen Sie doch! sagen Sie!

Henriette. Sie haben einen Nebenbuhler, Herr Baron!

Der Revers,

Seeburg. Ich? — hehehe! Nun merk ich erst, daß Sie Ihren Spaas mit mir treiben wollen! hehehe! loses Jettchen!

Henriette. Nein nein, es ist gar kein Spaas Herr Baron! Wirklich nicht! (Näher nach dem Fenster.) Warten Sie — dacht' ich doch dort käm er, aber er ists nicht.

Seeburg. Aber ich weiß gar nicht — reden Sie doch deutlicher.

Henriette. Ich will Ihnen die ganze Sache erzählen. Vorhin, Sie waren kaum weg, steh ich da auf dem Balkon, und sehe einen jungen Offizier —

Seeburg. Einen jungen Offizier? — O weh! o weh! — Nun? einen jungen Offizier —

Henriette. Da mitten auf der Straße stehn.

Seeburg. Nun Mäuschen, wenn er weiter nichts gethan hat — die Straße ist ja für jedermann! das geht noch wohl an!

Henriette. Ja, wenn es das nur gewesen wär! Aber er sah eines Sehens nach unsern Fenstern, winkte mit der Hand, lächelte herauf, und —

Seeburg. Er winkte und lächelte? — Puh! es wird mir ganz heiß vor der Stirne!

Dorchen. Das wird der Bräutigamsfriessel seyn, der heraus will Herr Baron!

Henriette. Anfänglich achtete ich nicht darauf, weil ich dachte, es gält etwa jemanden in der Nachbarschaft —

Seeburg. Ja, so wirds auch wohl gewesen seyn, Mäuschen! es wird jemanden in der Nachbarschaft gegolten haben!

Henriette. Ey ja doch! — Mir galts Herr Baron! Mir!

Dorchen. Ja gnädiger Herr, und mir auch!

Seeburg. Dir auch!

Dor=

Dorchen. Ich meyne die Grimassen die der Bediente herauf machte, denn ich stand hinter dem Fräulein.

Seeburg. Sehen Sie nun Liebchen, ich hatte Sie so sehr gebeten, unter meiner Abwesenheit ja nicht auf den Balkon zu gehn!

Henriette. Freylich wohl! Ich sehe nunmehro die Folgen meines Ungehorsams vollkommen ein, aber es ist nun einmal geschehn! Für die Zukunft soll mir das eine Warnung seyn; — Auf einmal, denken Sie nur, auf einmal schickt er seinen Bedienten zu mir herauf, und läßt sich unbekannterweise geradezu bey mir anmelden!

Seeburg. Bey Ihnen anmelden! — Welche Unverschämtheit!

Henriette. Ja, das sagt ich auch! O ich habe den Bedienten schön abgeführt!

Seeburg. Haben Sie? recht so, Mäuschen! recht so!

Henriette. Ich befahl ihm, er sollte nur seinem Herrn in meinem Namen sagen, ich fänd es sehr unartig von ihm, sich in einem fremden Hause so mit Gewalt einbringen zu wollen.

Seeburg. Gerade meine Gedanken!

Henriette. Diese Aufführung brächte mir einen sehr schlechten Begriff von der Lebensart der Stadtherrn bey —

Seeburg. Hätt' ich auch geantwortet!

Henriette. Ueberdem, fuhr ich fort, hätte ich schon einen Liebhaber mit dem ich vollkommen zufrieden wär —

Seeburg. Haben Sie das wirklich gesagt? Allerliebst! Dafür muß ich Ihnen die Hand küssen.

Henriette. Es schickte sich also schon in dieser Rücksicht ganz und gar nicht für mich, Besuche von Mannspersonen anzunehmen.

Seeburg. Vortreflich! Nun der ist schön abgeführt! Der wird so bald nicht wiederkommen!

Henriette. O um Verzeihung, das wird er!

Seeburg. Wie? Er wird wiederkommen? Wird er?

Henriette. Versprochen hat er's!

Dorchen. Ja, und in dergleichen Fällen sind solche Herrn immer Männer von Wort.

Henriette. Er schickte den Bedienten noch einmal herauf, und ließ mir sagen, Leute seines Gleichen ließen sich nicht so gleich abweisen; wenn mir's jezt nicht gelegen wär, seinen Besuch anzunehmen, so würde er in einem halben Stündchen wieder vorfragen, und dann sollte ich mich nur gefaßt machen, daß er sogleich ohne Umstände zu mir heraufkäm.

Seeburg. Ohne Umstände heraufkäm? Welche Frechheit!

Henriette. Ja wohl Frechheit! Sie müssen mir schlechterdings Ruhe schaffen, Herr Baron!

Seeburg. Das will ich, dafür steh ich Ihnen! Ich werde den Martin mit einem tüchtigen Stock vor unsre Vorhausthür stellen, und bey Lebensstrafe befehlen, daß er mir niemanden hereinläßt. Martin steht seinen Mann!

Henriette. Wo denken Sie hin Herr Baron! Ist das die Art wie man einem Kavalier begegnet?

Seeburg. Ja so! Er ist Kavalier? Ich dachte in der Wuth nicht daran.

Henriette. Nein, Sie müssen hinunter gehn, und selbst mit ihm sprechen, wenn er wieder kommt.

Seeburg. Ich? Das werde ich schön bleiben lassen! Nein, daraus wird nichts!

Henriette. Und warum denn nicht?

See-

Seeburg. Nach allem was ich von ihm höre, muß es ein entschloßner Bursche seyn. Er könnte mir altem Mann einen Cirkumflex auf die Nase geben, und mich fragen, was es mich angieng?

Henriette. Nun? Und geht es Sie denn etwa nichts an?

Dorchen. Und wenn er Ihnen auch einen Cirkumflex über die Nase gäb, was thät denn das? Desto besser für Sie; eine Wunde, die ein Liebhaber im Dienste seiner Geliebten empfängt, giebt ihm in ihren Augen nur eine neue Zierde! Nicht wahr gnädiges Fräulein?

Seeburg. Ey ich bedanke mich für solche Heurathen. Ich bin meinem Jettchen ohnehin hübsch genug: Nicht wahr?

Henriette. Ich verstehe mich zu wenig auf die Schönheiten des männlichen Geschlechts, als daß ich diese Frage entscheidend beantworten könnte. — Aber Sie müssen mir durchaus diesen zudringlichen Menschen vom Halse schaffen, Herr Baron. Sie müssen mit ihm reden, Sie sind ja so gut Kavalier als er.

Seeburg. Desto schlimmer Mäuschen, desto schlimmer! Wenn zwey zusammen kommen, so steht immer einer im Genitivo, hab ich in der lateinischen Schule gelernt, und der Genitivus möchte an mich kommen! — Das will so viel sagen, als: Ich möchte den Kürzern ziehn.

Henriette. Pfui Herr Baron! Für so verzagt hätt' ich Sie doch nicht gehalten!

Seeburg. Verzagt? Wer ist verzagt? Nur für mein Leben besorgt bin ich. Vor dreyßig Jahren hätt' ich mir einen solchen Auftrag nicht zweymal geben lassen! Blindlings hätt' ich dreingeschlagen, das versichere ich Ihnen. Aber wenn man sich so ein drey und sechzig Jährchen in der Welt herumgetummelt hat, so fängt man schon an, mit seinem Leben etwas sparsamer umzugehn. Es ist mit den Jahren wie mit den Dukaten: Je mehr man ihrer hat, je mehr will man haben, und je besser lernt man ihren Werth schätzen.

Henriette. Drey und sechzig? Was ich da höre! Sie sagten mir doch immer, Sie wären erst fünfzig?

Seeburg. Hab' ich gesagt drey und sechzig? so hab' ich mich in der Angst versprochen.

Henriette. In der Angst? (höhnisch.) Und Sie sind wohl ganz und gar nicht verzagt? Nur ein wenig für Ihr Leben besorgt, nicht wahr? — Ich sehe schon, wenn Sie mir nicht helfen, so werde ich es selbst thun müssen. Ich werde den Offizier heraufkommen lassen, und ihm meine Meinung mündlich sagen.

Seeburg. Ey bewahre! — Er könnte — Nein liebes Jettchen, er könnte — — lieber will ich — wenn er aber nur nicht — — Ja was wollt ich denn gleich sagen? — Ja, wissen Sie was? Ich will mich hinunter an die Hausthür stellen, und auf freyer offner Straße mit ihm sprechen, da wird er doch keine Händel anfangen? Wenigstens kann ich doch die Polizey gleich rufen.

Henriette. Was das für Anstalten sind! — Nur geschwind! da kommt er wieder zurück! Sehen Sie ihn dort?

Seeburg. Wo? wo? — Herr Jemine! Er hat ja einen entsezlich langen Degen!

Henriette. Nun ja! Da er Offizier ist, muß er ja wohl einen Degen tragen? — Nun gehn Sie nur, gehn Sie, sonst kommt er herauf.

Seeburg. (Im Abgehn.) O weh! wie wird das ablaufen!

Henriette. (Im Abgehn nach dem Seitenzimmer.) Das bin ich selbst begierig! (Zu Dorchen.) Komm, wir wollen drinnen ein wenig hinter dem Vorhange lauschen. (Ab.)

Seeburg. (Zurückrufend.) Aber ja nur hinter dem Vorhange! (Ab.)

Vierter Auftritt.

(Strasse, im Hintergrunde des Barons Haus.)

Friz Frohburg, und Johann, in der Folge der Baron Seeburg, (welcher sich von Zeit zu Zeit an der Hausthür sehen läßt.)

Johann. Aber sagen Sie mir gnädiger Herr, werden wir uns hier noch lange so auf gut Glück herumtreiben? Ich dächte es wär einmal Zeit, daß Sie Ihrem Herrn Onkel eine Visite machten. Bedenken Sie, heute ist's schon vier Wochen, daß wir in Wien sind, und Sie haben sich noch nicht einmal bey ihm gemeldet.

Friz. Warum will er mich durchaus verheurathen? Sein erstes Wort, so wie er mich sieht, wird das Fräulein Edelberg seyn, und ich mag von seinem Fräulein Edelberg durchaus nichts wissen. Ich mag mich überhaupt noch nicht verheurathen. Wenigstens, wenn's geschieht, so will ich selbst wählen. Ueberdem muß ich Dir sagen, daß ich mich ein wenig für meinen Onkel fürchte: Nach den tollen Streichen, die ich diesen Sommer auf seinem Landgute angefangen habe, wird sein Empfang nicht der freundlichste seyn.

Johann. O, einen kleinen Auspuzer wirds absetzen, und weiter nichts. — Ein demüthiges: Lieber Onkel, ich wills nicht mehr thun! und

und damit gut. Wir habens freylich ein wenig toll getrieben. Die Statuen aus dem Garten verkauft, den vierten Theil vom Walde ausgeschlagen —

Friz. O ich bitte Dich verschone mich mit dem Register meiner Dummheiten! Ich weiß sie ohnehin auswendig, und ärgere mich genug darüber!

Johann. Sie wissen wohl, seine Verbrechen bekennen ist der erste Schritt zur Besserung. Freylich bringen wir schon so lange als ich die Gnade habe Sie zu kennen, das heißt, sieben ganzer Jahre über diesem ersten Schritte zu, und wenn wir deren noch viele zu machen haben, so müssen wir zwey sehr alte Leute werden!

Friz. Johann ich gebe Dir mein Wort, ich will von nun an anfangen ordentlich zu werden.

Johann. Topp! ich auch!

Friz. Du scheinst es für Scherz zu halten —

Johann. Ey bewahre! der bitterste, der ernsthafteste Ernst! Wir haben das nämliche einander schon so oft versichert, daß wir sehr falsch thäten, wenn wir's einander nicht glaubten. — Da es doch aber einmal Ihr Ernst ist, gnädiger Herr, so dächt ich Sie machten Sich die Gelegenheit zu Nuße, die Ihnen Ihr Onkel anbiethet. Die Ehe ist von jeher der beste Kappzaum gewesen, um einen Wildfang zur Raison zu bringen: Lassen Sie Sich also nicht lange nöthigen. Sagten Sie mir nicht einmal, das Fräulein Edelberg hätte hunderttausend Gulden? den Henker noch einmal, für so ein Sümmchen thut man schon ein Uebriges. Heurathen Sie frisch! Thun Sie, als ob Sie Medicin nähmen: Die Augen zugedrückt, den Odem an sich gehalten, ein herzhafter Schluck,

und

und vorbey ists! — Ist denn das Fräulein gar zu häßlich?

Friz. Nichts weniger. Ich habe sie zwar noch nicht gesehn, aber wie ich höre, so giebts sogar Leute die sie sehr schön finden. — Genug davon. — Wie viel Geld haben wir noch?

Johann. (Sucht in den Taschen.) Wird nicht arg seyn! — Da ist ein Gülden, und da vier Groschen und zwey Kupferkreuzer.

Friz. Was Teufel! sonst nichts?

Johann. Stellen Sie mich auf den Kopf, gnädiger Herr, und Sie sollen mich prellen wie einen Fuchs, wenn aus einer Tasche ein Heller fällt.

Friz. Hm! ich rechnete doch —

Johann. Ey was das Rechnen betrift, da sind Euer Gnaden ein Meister, das weiß ich wohl! Zehn von Fünfen kann ich nicht, borg ich zwanzig, zehn von fünf und zwanzig, behalt ich immer noch fünfzehn übrig. Ja, da waren noch gute Zeiten, als wir noch so subtrahiren könnten; aber jetzt — wo Henker soll man borgen?

Fünfter Auftritt.

Vorige, Baron Seeburg, (der sich furchtsam herbey geschlichen hat,) Henriette und Dorchen (sind indessen auf dem Balkon erschienen.)

Seeburg. (Mit vielen Bücklingen.) Ich weiß nicht mein Herr, ob Sie die Ehre haben mich zu kennen — wollt' ich sagen, ob ich die Ehre habe Sie zu kennen —

Friz.

Friz. Ja wenn Sie das nicht wissen, mein Herr, ich weiß es wahrhaftig nicht. — (Zu Johann.) Was Henker ist das für eine Figur?

Seeburg. (Für sich.) Ich weiß für Angst kaum was ich rede. — (Laut.) Ich wollte sagen: Ob ich die Ehre habe von Ihnen gekannt zu seyn?

Friz. Nein mein Herr, die Ehre haben Sie nicht.

Seeburg. Ich bin der Baron Seeburg.

Friz. Das freut mich recht sehr! — Und was steht zu Ihrem Befehle?

Seeburg. Mir? O ich bitte unterthänig! Ganz und gar nichts. Im Gegentheil, Sie haben Ihrem geringen Diener zu befehlen. — Ich habe nur so — wie soll ich sagen? — So einen kleinen Auftrag von einem Frauenzimmer —

Friz. Von einem Frauenzimmer? An mich? (Zu Johann heimlich.) Merkst Du was? Der Kerl ist gewiß ein Zubringer. — (Laut.) Nun? Und dieses Frauenzimmer? Vermuthlich ein Jungfer Mühmchen von Ihnen, oder ein Nichtchen?

Seeburg. Meine Braut, unterthänigst aufzuwarten.

Friz. Ihre Braut? Immer besser!

Johann. (Heimlich.) O weh, gnädiger Herr, wenn die Braut des Bräutigams werth ist!

Friz. (Lachend.) Sagen Sie mir vor allen Dingen, mein Herr Baron — Wenns denn Baron seyn soll — Ist das Mädchen so hübsch wie ihr Bräutigam?

Seeburg. Hehehe! Sie sind zu gnädig! — Die Wahrheit zu sagen, sie hat in der Figur — das will so viel sagen, als in der Gestalt — viel ähnliches mit mir!

Friz.

ein Originalluſtſpiel. 17

Friz. Ey da muß ſie ja ein wahres Ungeheuer von Schönheit ſeyn! — Wenn dem ſo iſt, mein Herr, ſo können Sie Sich die Mühe erſparen; ich ſchenke Ihnen Ihren Auftrag —

Seeburg. Aber ich muß —

Friz. Ich kann in der That nicht dienen!

Seeburg. Ich bitte unterthänigſt —

Friz. Und ich alleruntertänigſt. Ich bin kein Liebhaber von dergleichen aufgerafften Aventüren —

Seeburg. Nicht? Hm! Das iſt ſonderbar! Gerade das nämliche was ich Ihnen im Namen meiner Braut ſagen ſollte!

Friz. Und was geht das mich an? Wenn Ihre Braut keine Liebhaberinn von Aventüren iſt, deſto beſſer für Sie als ihren hofnungsvollen Gemahl. Aber was hat ſie nöthig, mir das ſagen zu laſſen?

Seeburg. O, ſie läßt Ihnen noch viel mehr ſagen. Sie läßt Sie bitten, ſie künftig mit Ihrer Zudringlichkeit zu verſchonen.

Friz. Mit meiner Zudringlichkeit? Herr wiſſen Sie was Sie ſagen?

Seeburg. (Erſchrocken.) Werden Sie nur nicht ungehalten. Ich bin es nicht der das ſagt; es iſt ein Frauenzimmer das durch mich ſpricht —

Friz. Ein Frauenzimmer das Sie foppt, das Ihre Einfalt mißbraucht, oder, Herr, Sie treiben das elendeſte Handwerk unter der Sonne!

Seeburg. Du mein Himmel — —

Friz. O, ich verſtehe alle Worte! Ich bin kein Neuling. Gehen Sie nur wieder wo Sie hergekommen ſind, und ſagen Sie dem girrenden Locktäubchen, daß ſie ſich an den Unrechten adreſſirt hat.

Seeburg. An den Unrechten? Nun das begreif einmal ein Menſch! — Sie hat mir Sie

B durchs

durchs Fenster gezeigt, hat mir den Platz gewiesen, wo Sie gestanden, und zu ihr hinauf gesehn haben, hat mirs erzählt, wie Sie gelächelt, mit der Hand gewinkt, wie Sie den Bedienten zu ihr hinauf geschickt haben —

(Während dieser Rede hat Johann die Frauenzimmer auf den Balkon entdekt, und macht komische Lazzi zu Dorchen. Beyde winken ihm, daß er seinen Herrn aufmerksam machen solle. Er zupft ihn am Rocke.)

Friz. (Mit aufgehobnem Stocke.) Wo Sie nicht den Augenblick gehn, so — (Johann zupft ihn noch einmal, er bemerkt Henrietten die ihm allerhand Zeichen macht, welche er mit einem Handkusse beantwortet. Auf einmal eilt er mit ausgebreiteten Armen auf den Baron zu, der furchtsam zurückgetreten ist, und ihm immer noch ausweicht.) Lieber bester Baron, verzeihen Sie mir! Weiter kann ich die Unverschämtheit nicht treiben. Ich will's Ihnen nur gestehn, ich habe alles das gethan was Sie mir da vorgehalten haben. Halten Sie es dem jugendlichen Leichtsinn zu gute. Das Fräulein fiel mir auf, und ich wollte mein Heil bey ihr versuchen. Hätt' ich gewußt, daß sie die Braut eines so würdigen Mannes wär, so würde mich nichts in der Welt dahin gebracht haben, eine solche Unverschämtheit zu begehen.

Seeburg. Ah, jezt giebt er klein zu! — (Laut im ermahnend väterlichen Tone.) Dacht' ichs doch, daß Sie endlich zur Erkenntniß kommen würden. — Nun, ängstigen Sie Sich nur nicht. Die Sache hat weiter nichts auf sich. Man weiß ja wohl, Jugend hat nicht Tugend.

Friz. Ich sehe Sie sind ein vernünftiger Mann, der jedes Ding aus dem rechten Gesichtssichtspunkte ansieht. — Aber was wird das Fräulein von mir denken?

Seeburg. Hm! Machen Sie Sich darüber weiter keine Skrupel. Es ist vorbey, und —

Friz. Es wär eigentlich durchaus meine Schuldigkeit, das Fräulein in Person um Verzeihung zu bitten!

Seeburg. O nicht nöthig! Gar im geringsten nicht nöthig!

Friz. Um Verzeihung, Herr Baron, ich weiß was die gute Lebensart erfordert!

Seeburg. Aber ich weiß auch, daß meine Braut ganz und gar keine Freundinn von Ceremonien ist, Sie hat mir ausdrücklich aufgetragen, Ihre Besuche zu verbitten.

Friz. Das ist doch in der That recht grausam von ihr! (Er sucht das Lachen zu verbergen.)

Seeburg. Ja. (mit selbstzufriednem Lächeln.) Mein Jettchen ist gegen alle Männer grausam, einen Einzigen ausgenommen, (auf sich deutend) den ich recht gut kenne.

Friz. O, da Sie diesen Mann so gut kennen, so sagen Sie ihm doch, daß ich ihn um sein Glück ganz und gar nicht beneide! (Henriette und Dorchen ziehn sich zurück.)

Seeburg. Wirklich? — Unterthäniger Diener, ich werde es ausrichten! (Indem er ihn auf die Schulter schlägt.) He he he! Die Trauben sind sauer, hat der Fuchs gesagt! (Geht fort.)

Friz. Nehmen Sie Sich in Acht, daß Ihnen die Zähne nicht stumpf werden! doch vielleicht haben Sie von der Seite nichts mehr zu besorgen! — Recht viel schönes von mir an die Fräulein Braut!

Seeburg. (Zurückrufend.) Gehorsamster Diener! Allzu viel Gnade, he he he! (Ab ins Haus.)

Sechster Auftritt.

Friz und Johann. (Sie sehen beyde einander an, und fangen aus vollem Halse an zu lachen.)

Johann. (Läuft unter den Balkon, kommt aber gleich wieder zurück.) Ja! Weg war der Schatz!

Friz. Das Mädchen ist ein Engel!

Johann. Ho! Wenigstens!

Friz. Wie sie das so fein angestellt hat! Den alten Narren selbst an mich zu schicken, damit ich ihren Aufenthalt erfahre!

Johann. Und das Kammermädchen? Was sagen Ihro Gnaden davon? Ich wette, die kleine Schlange hat den ganzen Plan dazu gemacht!

Friz. Sie muß mein werden, troz der ganzen Welt!

Johann. Und allen umliegenden Dörfern! Ich muß sie haben!

Friz. Siehst Du Johann, das wär eine Frau die mich allenfalls zu einem ordentlichen Kerl machen könnte. — Oder willst Du nunmehro noch, daß ich zu meinem Onkel gehn, und sein Fräulein Edelberg heurathen soll?

Johann. Mir ists wirklich einerley gnädiger Herr, welche von beyden Sie heurathen. Meinetwegen genieren Sie Sich ja nicht!

Friz. Der alte Kerl sagt, sie sey seine Braut. Wie Teufel muß sie nur zu dem Bräutigam gekommen seyn?

Jo-

Johann. O, so etwas kommt wie das Fieber! Es wird noch nicht so weit hinein böse seyn!

Friz. Sonderbar! Beynahe zwey Jahre sind es, daß ich sie nicht gesehen habe, und doch ist meine Liebe —

Johann. Noch frisch wie die junge Frühlingsrose, vom Morgenthau getränkt! — Der Henker, das war schön gesagt!

Friz. Du bist ein Narr!

Johann. Würde ich sonst so poetisch reden? — Aber bey alledem, gnädiger Herr, wir zwey sind wahre Ungeheuer von Treue und Beständigkeit. Die zärtlichen Schäfer des ganzen heiligen römischen Reichs setzen uns gewiß nach unserm Tode Ehrensäulen. — Indessen wollte ich doch, sie gäben uns lieber jezt diese Ehre in baarem Gelde. — Sehn Sie nur gnädiger Herr, (er nimmt sein Geld heraus) was unsre Kasse für eine traurige Physiognomie macht!

Friz. Verdammter Streich! Geld müssen wir haben!

Johann. Das müssen wir! Aber woher nehmen?

Friz. Liebster bester Johann! Weißt Du keinen Rath?

Johann. Ich als Ihr erster Finanzminister antworte Ihnen: Unsere Kassen sind erschöpft, wir sind verschuldet, das Kommerz liegt, nirgends Hilfsquellen, nirgends Kredit! — Wenn wir nur irgend so eine kleine Finanzoperation machen könnten! — Aber wo? — Gnädiger Herr, ich werde fast anfangen zu glauben, daß wir beyde ordentlich sind; wir sind schon vier Wochen in Wien, und ich weiß noch nicht einmal einen frommen Christen hier wohnen, der seinem Nebenmenschen für fünf und zwanzig

oder

oder dreyßig Procent aus der Noth hilft: Und
doch sagt man, es soll solche ehrliche Leute zu
hunderten hier geben. Am Ende its wohl das
klügste, Sie gehen zu Ihrem Onkel. Er wird
Sie doch nicht stehenden Fußes verheurathen?

Friz. O, das ist mein geringster Kummer!
Seinem Fräulein von Edelberg will ich schon so
begegnen, daß ihr, wenn sie nur das geringste
feine Gefühl hat, gleich in den ersten fünf Minuten die Lust vergehn soll, mir ihre Hand zu
geben. — Aber wenn nur der erste Empfang
vorbey wäre! den fürcht ich! — (Graf Frohburg tritt zu dem nämlichen Hause heraus,
aus welchem Baron Seeburg kam, und zählt
Dukaten aus der Tasche in den Hut.) Seh ich
recht? So wahr ich lebe, mein Onkel! —
Wenn ich wüßte daß er mich noch nicht gesehen
hätte, so — Doch einmal muß es doch geschehn!
Nun Unverschämtheit, steh mir bey!

Siebenter Auftritt.

Vorige, Graf Frohburg.

Friz. (Geht mit Nonchalance auf den Grafen zu.) Um Vergebung mein Herr, ich sehe
daß Sie mehr Geld haben als ich —

Graf. (Sieht ihm ins Gesicht, und zählt
immer fort.) Kann seyn, mein Herr!

Friz. Ich bin in einiger Verlegenheit! —
Wollen Sie wohl die Güte haben, mir so ein
fünfzig Dukaten zu leihen? — Sie werden es
freylich ein wenig sonderbar von mir finden,
daß ich Sie um Geld anspreche, da ich ganz und
gar nicht die Ehre habe, Sie zu kennen —

Graf. Und noch sonderbarer find' ichs von
mir, mein Herr, daß ich Ihnen Geld gebe,

ohne

ein Originalluſtſpiel.

ohnerachtet ich die Ehre habe Sie zu kennen —
Hier ſind fünfzig Dukaten mein Herr!

Friz. (Indem er das Geld nimmt, und
ihm die Hand küßt.) Liebſter beſter Onkel!
Sie ſind die Güte, die Großmuth ſelbſt!

Graf. Liebſter beſter Neffe! Sie ſind der
Leichtſinn, die Lüderlichkeit ſelbſt!

Friz. Nur dießmal Verzeihung!—

Graf. Friz, Friz! Du machſt mir's zu bunt!
Nimm Dich in Acht! Meine Geduld hängt
an einem verdammt ſchwachen Fädchen! Ich
weiß auch was lüderlich ſeyn heißt, ich war in
meiner Jugend ſelbſt nicht viel werth, aber ſo —
ſo — — Spizbube, geh her! — (Er reißt ihn
an ſich.) Seit wann biſt Du in der Stadt?

Friz. Liebſter Onkel, ich bin —

Graf. Erſt den Augenblick angekommen?
Nicht wahr? (Er fährt ſich mit der Hand über
die Augen.) Schurke! Wenn ichs nicht wüßte,
daß Du ſchon ſeit einigen Wochen hier biſt!
Ich glaube ich würde aus lauter Gift und Galle
über Dich weinen, wenn mir nicht für Freuden
die Thränen in den Augen ſtünden, daß ich Dich
einmal wieder ſehe, Du — (Er küßt ihn.)
Aber warte! Laß mich nur einmal über Dich
kommen! Du ſündigſt erſchrecklich auf meine
Barmherzigkeit los! — Und die allerliebſten
Briefe, die ich von meinem Verwalter auß
Rheinshauſen bekommen habe —

Friz. Beſter Onkel, ich wills nicht mehr
thun!

Graf. Das glaub ich! Ich werde kein Narr
ſeyn, und Dir neue Saturn in den Garten ſetzen,
damit Du wieder etwas zu verkaufen haſt!

Johann. Aber mit Euer Gnaden Erlaubniß, Euer Gnaden wiſſen nicht, weßwegen mein
Herr das gethan hat?

Graf.

Graf. Ah! Bist Du auch da? Wir haben auch noch ein Ey mit einander zu schälen. Nun? Und weswegen hat ers denn gethan?

Johann. Er hat Ihren grossen holländischen Lustgarten in einen englischen nach der neuesten Facon umgeschaffen, und da schicken sich doch keine Statuen hinein. Die halbe Arbeit ist bereits gethan; Euer Gnaden dürfen nur etwa ein paar tausend Tannen, Fichten und Pappeln so recht wild durcheinander setzen, linkerhand wo das grosse Spargelbeet ist einen Teich graben, und rechts wo die Baumschule ist aus der ausgegrabenen Erde einen Berg aufführen lassen: Wenn Sie dann vollends den Kühstall der von der Mayerey anstößt zu einer Einsiedeley, und den Milchkeller zu einer Grotte machen, so haben Euer Gnaden einen Park der es mit manchem im deutschen Reiche aufnehmen kann.

Graf. Du bist mir ein sauberer Gärtner Du!

Johann. Gnädiger Herr ich verstehe das Handwerk! Mein Bruder ist ein sehr erfahrner Kunstgärtner, und in dem halben Jahre das ich bey ihm war, habe ich ihm drey schöne deutsche Gärten ins Englische übersetzen helfen.

Graf. Das wollt' ich alles noch hingehn lassen, aber meinen schönen Wald so zu ruiniren!

Friz. Gnädiger Onkel — ich brauchte Geld!

Graf. Konnt' Er denn nicht lieber an mich schreiben? — Mein Lieblingsplätzchen, den grossen Schloßfenstern gerade über, wo ich des Abends immer saß und die Sonne untergehn sah, wo im Frühjahr die schönen Nachtigallen — Nein das — das ist — gar zu toll! — (Friz küßt ihm die Hand.) Nun — diesmal mags vergeben seyn!

Johann. Auch das trägt zur Verschönerung Ihres Gutes ausserordentlich viel bey, gnädiger Herr,

Herr. Bedenken Euer Gnaden nur, was Sie jetzt aus dem grossen Mittelsaale für eine herrliche Aussicht haben! Da liegt Nittelburg, da Hochfeld, und gerade in der Mitte präsentirt sich der hochfelder Galgen.

Graf. Ein schönes Memento mori für Dich! — Aber Herr Neffe, wenn wird man das Glück haben, Ihn bey sich zu sehn?

Friz. Liebster Onkel sogleich wenn Sie befehlen! Aber ich muß zu meiner Schande gestehn, ich weiß nicht einmal recht wo Sie wohnen.

Graf. Wohlgesprochen zu deiner Schande! Und schon vier Wochen — Doch es mag gut seyn. — Da in diesem Hause, im ersten Stocke. (Er zeigt auf das Haus, wo Baron Seeburg wohnt.)

Friz. In dem Hause da, lieber Onkel?

Graf. Ja, in dem Hause! Warum fällt Dir das so auf?

Friz. Ich — ich fragte nur, um es gewiß zu wissen.

Graf. Meine Wohnung geht auf die andre Seite; doch man wird Dich schon zurecht weisen. — Weißt Du was? Deine Braut wird zu Hause seyn: Du kannst indessen immer hingehn, und Bekanntschaft mit ihr machen. Sprich nur, ich schickte Dich. — Oder die Viertelstunde kannst Du Dich schon noch gedulden, bis ich meinen Gang gemacht habe, nicht wahr? — Welch Zeit ists jetzt?

Friz. (In Verlegenheit sucht in der Tasche.) Meine Uhr, Johann?

Johann. (Sucht auch in der Tasche.) Ich habe sie nicht!

Graf. Was? Die schöne goldene Repetiruhr, die ich Dir erst vor'm Jahre schenkte?

Friz. Gnädiger Onkel, ich habe sie —

Graf.

Graf. Doch nicht etwa auch verkauft wie meine Statuen?

Johann. Ey bewahre! Ich will Euer Gnaden dienen: Die Uhr war zwar eine recht gute Uhr, dagegen ist nichts zu sagen; ein herrliches Werk: Aber sie hatte nur den Einzigen Fehler, daß sie immer um fünf und zwanzig Dukaten zu spät gieng —

Graf. Um fünf und zwanzig Dukaten?

Johann. Ja, gnädiger Herr, und da half kein richten und kein stellen! Wir schlossen daraus, daß sie Zeit brauchte, sich zu erholen und neue Kräfte zu sammeln, und deswegen haben wir sie —

Graf. Versezt? Nicht wahr?

Johann. Um Verzeihung! Nur einem guten Freunde aufzuheben gegeben —

Graf. Schön! Da wirds wohl der Dose mit den Brillianten nicht besser gegangen seyn?

Johann. Sie ist mit der Uhr in einerley Schranke bey dem nämlichen guten Freunde aufbewahrt. Aus bloßer Liebe zu dieser Dose gewöhnte sich mein Herr das Tobackschnupfen so stark an, daß es ihm der Arzt untersagte, weil es für seinen Kopf höchst schädlich war. Da war also kein anders Mittel als sich sie aus den Augen zu schaffen, denn mein Herr hätte sich sonst zu tode geschnupft. Denken Euer Gnaden nur, oft brauchte er in einem Tage drey Pfund!

Graf. Ey so lüge Du und der Henker! — Hm! hm! Also Uhr und Dose versezt —

Johann. Euer Gnaden sollten unsre Vorsicht loben! Solche Kostbarkeiten vertraut man niemanden so geradehin auf sein ehrlich Gesicht an, denn die Welt ist heut zu Tage gar zu schlimm. Wir haben uns also lassen hundert

Du-

Dukaten zum Unterpfand dafür geben. — Wenn Euer Gnaden das versetzen nennen, so —

Friz. Gnädiger Onkel, ich bin wohl recht strafbar —

Graf. Ja Bube! wenn ich Dich nicht so lieb hätte! — Wenn Du mir nur mein schönes Lustwäldchen nicht so ruinirt hättest! — Ich muß wahrhaftig gehn, sonst fang ich noch an mit Dir zu zanken! (Er geht.) — Also in einem halben Stündchen! (Ab.)

Friz. Das gieng besser als ich dachte!

Johann. Sagt' ichs doch gleich! O Ihr Onkel ist die Gutherzigkeit selbst.

Friz. Und nun Johann, denke Dir mein Glück! Henriette, die ich so lange gesucht, nach der ich so lange geseufzt habe, hier —

Johann. Und funfzig Dukaten die wir so lange gesucht, nach denen wir so lange geseufzet haben, (auf seine Tasche zeigend) hier —

Friz. Denke Dir nur das: In demselben Hause, in demselben Stock mit meinem Onkel!

Johann. O es ist um für Freuden zu verzweifeln! Und in demselben Stock, in denselben Zimmern mit Ihrem Onkel auch das Fräulein Edelberg, Ihre hofnungsvolle Braut. —

Friz. Denke mir daran nicht! Ich will sie nicht. —

Johann. Aber gnädiger Herr, — baare hunderttausend Gulden!

Friz. Siehst Du Johann, lege in diese Wagschaale eine Million, und in die andre Henrietten — sieh wie die Million in die Höhe fliegt! (Geht.)

Johann. (Für sich.) Und zwey Jahr nach der Hochzeit legen wir vielleicht die gnädige Frau in die eine Wagschaale, und tausend Gulden ben in die andre, und puh! wie die gnädige Frau in die Höhe fliegt! (Ab.)

Zweyter Aufzug.

Erster Auftritt.

(Wohnung des Grafen Froßburg.)

Nanette von Edelberg (allein.)

Hm, hm! Schon vier Wochen ist er hier, und hat sich noch nicht bey uns gemeldet. Das ist mir ein sauberer Liebhaber! Der Anfang verspricht etwas. — Ich wollte, er käm in seinem Leben nicht! — Und gleichwohl wünschte ich doch auch zu wissen, wie er aussieht? Ob er wohl so hübsch ist wie mein Karl? — — Was mein Anblick wohl auf ihn für eine Wirkung machen wird? Ich dächte, so gar übel hätt' ich mich eben nicht angezogen? — Und ausgeschlafen hab' ich auch, meine Augen sind ziemlich munter. — Hm! es wär mir doch fatal wenn er sich in mich verliebte, und gleichwohl würde es mich auch verdrüssen, wenn ich ganz und gar keinen Eindruck auf ihn machte! — Was das für ein Wirrwarr in meinem Kopfe ist! — Wir Mädchen sind doch sonderbare Geschöpfe: Aus Neugier und Eitelkeit zusammengesezt!

Zweyter Auftritt.
Nanette, Lischen.

Lischen. (Geheimnißvoll.) Gnädiges Fräulein, es ist ein Offizier da, der nach dem Herrn Grafen fragt.

Nanette. (Schnell.) So? — (Auf einmal an sich haltend.) Und was geht das mich an? Was interessiren mich die Leute, die nach dem Grafen fragen?

Lischen. (Verdrüßlich.) Nun, wenn es Sie nichts angeht — — mich noch weniger!

Nanette. Wie sieht er aus?

Lischen. Ich hab' ihn nicht so genau besehn.

Nanette. Du wirst doch wissen, ob er alt oder jung ist?

Lischen. Wie gesagt, ich weiß kein Wort!

Nanette. Was trägt er für Uniform?

Lischen. Auch darauf hab' ich nicht Achtung gegeben.

Nanette. Weiß Sie wohl Mamsell, daß Sie ein wahres Gänschen ist?

Lischen. Gnädiges Fräulein, ich wollte ihn anfänglich genauer betrachten, aber ich dachte nachher: „Was interessiren mich die Leute, die nach dem Grafen fragen?"

Nanette. Ich glaube gar, Sie beliebt mich zu parodiren?

Lischen. Aber ist's auch recht, gegen mich die Zurückhaltende zu spielen, gegen mich, die von Jugend auf Ihre Vertraute war? Muß mich das nicht verdrüßen? — Wenn ich nur recht böse seyn könnte! — Aber — (sie küßt ihr die Hand) — und damit gut. — Hören Sie, ich will wetten, der Offizier ist der für Sie bestimmte Bräutigam. Im Vertraun, er steht nicht

nicht uneben aus. Er hat in seinem Gesicht und in seiner Person so etwas — wie soll ich sagen? — so etwas, das einem Mädchen schon gefallen kann. Freylich Sie, die Sie den Kopf von Ihrem Herrn von Seeburg voll haben, Sie werden das schwerlich finden — Aber eben fällt mir ein, daß es unhöflich von mir ist, ihn so lange im Vorzimmer warten zu lassen — Das Ansehn haben Sie ja umsonst — (Im abgehn.) Ich werde ihn indessen hier hereinführen! (ab.)

Nanette. Was soll er denn bey mir? Führe ihn doch zum Grafen hinüber! — Das ist ein unbesonnenes Ding! Was soll ich nun mit ihm anfangen?

Lischen. (Welche den jungen Frohburg hereinführt.) Haben Sie die Gnade, hier ein wenig zu verziehn, ich werde es dem Herrn Grafen gleich sagen. (Ab.)

Dritter Auftritt.

Nanette, und Friz Frohburg. (Einige stumme Komplimente von beyden Seiten.)

Nanette. (Schielt einigemal nach ihm hin. Für sich.) Hm! Nicht so gar übel! — Aber er ist doch nicht so hübsch als mein Karl!

Friz. (Für sich.) Das Dämchen scheint eine Kennerinn zu seyn. Wie sie mich kunstverständig ansieht!

Nanette. (Für sich.) Was das für ein stummer Kavalier ist!

Friz. (Für sich.) Sie ist nicht häßlich, aber mich macht sie doch nicht ungetreu!

Nanette. (Für sich.) Ich muß nur den Anfang machen, wenn ich erfahren will, ob er reden kann. — (Laut.) Sind Sie schon lange in Wien?

Friz.

Friz. Seit vier Wochen, mein gnädiges Fräulein.

Nanette. Und sind Sie mit Ihrem Aufenthalte zufrieden?

Friz. Ein Mensch der so wenig Ansprüche macht wie ich, kann leicht zufrieden seyn.

Nanette. Sehr bescheiden! — Wie finden Sie die hiesigen Frauenzimmer?

Friz. Um Vergebung, Sie sind vielleicht eine Wienerinn?

Nanette. Ihnen aufzuwarten; hier geboren und erzogen.

Friz. Was befehlen Euer Gnaden also, daß ich auf Ihre Frage antworten soll?

Nanette. Eine sonderbare Frage! — Was ich befehle! — Was Sie wollen, mein Herr.

Friz. Wenn ich Ihnen die Wahrheit gestehn soll — ich bin zwar nur ein schlechter Kenner — das hiesige schöne Geschlecht kommt mir gerade nicht besser und nicht schlechter vor, als an andern Orten.

Nanette. Man sagt aber doch, es gäb hier ungleich mehr schöne Weiber, als an jedem andern Orte Teutschlands.

Friz. Sehr natürlich! Weil im ganzen Teutschland kein Ort ist, der sich an Volksmenge mit Wien messen kann.

Nanette. (Für sich.) Impertinent! Nicht einmal ein Kompliment kann ich ihm ablocken.

Vierter Auftritt.

Vorige, Graf Frohburg.

Graf. Ah! Sieh da, Herr Neffe! — Endlich also hat man doch die Ehre — — Ich will Dir keine Vorwürfe machen. Es soll alles unter uns vergeben und vergessen seyn! — Herzlich

lich willkommen! (Er küßt ihn.) Aber laßt Euch nicht ſtören Kinder, Ihr wart glaub ich ſchon in einem zärtlichen Geſpräch begriffen, vermuthlich kann ich mir alſo die Mühe erſparen, Euch einander vorzuſtellen. Doch, der Formalität wegen: — Fräulein Nanette, das iſt — (zu Friz) mit Deiner Erlaubniß! — mein lüderlicher Neffe, Friz, den Sie ein wenig in die Zucht nehmen, das heißt mit andern Worten, heurathen ſollen. — (Heimlich zu Nanette.) Sie ſehen nun, ich habe Ihnen nichts ſchlechtes ausgeſucht: Der Junge ſteht nicht übel aus, und für ſein Herz ſtehe ich Ihnen gut. — (Zu Friz heimlich.) Friz ſey geſcheut. Ein hübſches Mädchen mit hunderttauſend Gulden findet man nicht auf der Gaſſe! — (Laut.) Alſo Kinder, ich will Euch allein laſſen, ich habe ohnehin etwas zu thun. Ihr werdet Euch ſchon vergleichen: Wenn Ihr mich braucht, ſo laßt mich nur rufen. (Ab.)

Fünfter Auftritt.

Nanette und Friz Frohburg.

Friz. (Nach einer kleinen Pauſe.) Nun gnädiges Fräulein, Sie haben doch gehört was mein Onkel ſagte?

Nanette. (Seufzend.) Ja wohl hab ich!

Friz. Und was ſind Sie entſchloſſen zu thun?

Nanette. Eben wollte ich Sie das nämliche fragen.

Friz. Ich? — Den Willen meines Onkels befolgen, und Sie heurathen.

Nanette. (Für ſich.) Daraus wird nichts, junger Herr!

Friz.

Friz. Beliebten Sie etwas zu sagen?

Nanette. Ich meinte nur — ich — finde Ihre Entschließung ein wenig rasch!

Friz. Rasch? Das dächt ich nicht. Lauter Gehorsam gegen die Befehle meines Onkels. Sie können daraus schließen, was Ihr unterthäniger Diener einmal für ein gehorsamer Ehemann seyn wird.

Nanette. O, ich bin nicht sehr für die guten Ehemänner!

Friz. So? Befehlen Sie einen Bösen? Ich kann auch aufwarten! O, ich will eifersüchtig seyn wie ein Türke, will zanken wie eine alte sechzigjährige Schwiegermutter, und will schimpfen wie ein Recensent! — Aber gnädiges Fräulein, lassen Sie uns einmal die ganze Sache ernsthaft überlegen: Sie sind die Mündel meines Onkels, ich bin sein Erbe: Sie können Sich ohne seine Einwilligung nicht verheurathen, ich werde ganz unausbleiblich ein Bettler, wenn ich ihm nicht gehorche. Nun sagen Sie Selbst, ob wir beyde etwas vernünftigers thun können, als uns seinem Willen gemäß heurathen, und uns alsdenn mit einander behelfen, so gut wir können?

Nanette. Uns heurathen! So geradezu! Ohne unsre Herzen erst zu befragen?

Friz. O wenn die Köpfe einverstanden sind, so müssen die Herzen wohl antworten wie man sie fragt!

Nanette. Sagen Sie mir einmal aufrichtig — aber recht aufrichtig: Finden Sie Geschmack an mir?

Friz. Euer Gnaden setzen da meine Offenherzigkeit mit meiner Galanterie in eine Collision —

E   Na-

Nanette. Ich will keine Galanterie, ich will Wahrheit.

Friz. Wie? — — Wissen Sie wohl mein schöner Engel, daß Sie ein wahres Phönomen sind? Ein junges Frauenzimmer aus unserm erleuchteten Zeitalter, und Wahrheit! Wahrhaftig, ich traue meinen Ohren kaum!

Nanette. Herr von Frohburg, ich sehe Sie sind jezt in der Laune zu scherzen — ich werde also eine bequemere Zeit erwarten. (Sie macht eine Verneigung und geht.)

Friz. Bleiben Sie, mein Fräulein! Ich will so ernsthaft seyn, wie ein Criminalrichter! — Also zur Beantwortung Ihrer Frage — Sie sind schön wie ein Engel. Der Körper der Cythere, der Kopf einer Minerva, der Fuß einer Terpsichore, der Mund einer Aglaja, der Gang einer Juno — aber! — — (er zuckt die Achseln.)

Nanette. Nun, aber? —

Friz. (Wie oben.) Aber! —

Nanette. Sagen Sie es nur gerade heraus! Wenn Sie vollkommen freye Hand hätten, würden Sie mich wählen? aufrichtig!

Friz. Sie wollen es: (mit einem Bückling) Nein!

Nanette. Bravo! Jezt gefallen Sie mir erst! — Ich bin mit Ihnen genau im gleichen Falle.

Friz. Da haben Sie es! Gleiche Stimmung, gleiche Gefühle! Was wir für ein allerliebstes Paar machen werden! Wahrhaftig, es wär Schade wenn wir nicht zusammen kämen. Unsre Ehe muß—

Nanette. Ein wahrer Himmel auf Erden werden! Die Sache spricht für sich selbst. — Gleichwohl muß ich Ihnen gestehn, daß ich mich nicht sehr nach diesem Himmel sehne.

Friz.

Friz. O das beliebt Euer Gnaden nur so zu sagen! Ich stehe Ihnen dafür, unsre Ehe wird um nichts besser und nichts schlechter werden, als man sie heut zu Tage zu tausenden hat. Freylich, Original werden wir nicht seyn, denn es wird um uns her von zärtlichen Paaren wimmeln, die mit uns genau in derselben Lage seyn werden; aber wer wollte sich auch so auszeichnen? Besser, man macht die Mode mit —

Nanette. Aber ich will keine Ehe nach der Mode!

Friz. Sonderbar! Sonst sind doch die Damen so grosse Verehrerinnen der Moden!

Nanette. Ich bin es auch, aber nur von vernünftigen.

Friz. So möcht' ich doch wissen ob es auf der Welt etwas vernünftigers geben kann, als eine solche Ehe: Wir miethen uns ein grosses Haus; Sie bewohnen den einen Flügel, ich den andern; Sie haben Ihre Cotterien für Sich, ich die Meinigen für mich; Sie haben Ihre eigne Equipage und Domestiken, ich auch; Sie haben Ihren Amant declaré, — und da rathe ich Ihnen, Sich den hübschesten auszusuchen den Sie nur finden können; wenn Sie befehlen, so bin ich sogar erböthig, Ihnen selbst wählen zu helfen — ich mache irgend einer Dame von Ruf die Cour. Wir begegnen einander im Augarten oder Prater; Sie am Arme Ihres Liebhabers, ich an der Seite meiner Schönen: „Bonjour mamie!" lächle ich Ihnen im Vorbeygehn zu; Sie beantworten mir das mit einem freundlichen „de tout mon coeur!" Ihr Liebhaber, dem unser vertraulicher Ton auffällt, fragt Sie hastig: „Qui est cet Officier Madame?" — „He mon Dieu Monsieur, antworten Sie gähnend, c'est mon mari!" — Er nimmt eine Prise, und antwortet: „Comment Madame? Vous avés donc un Mari?"—

Nanette. Ein herrliches Ideal von einem ehelichen Leben!

Friz. Um Verzeihung mein gnädiges Fräulein es ist Portrait! — Wo war ich denn nun gleich mit meiner Malerey? — (Fortfahrend.) Wenn ich Sie ja einmal mit einem Besuche von mir beläſtigen will, ſo laß ich mich gewiſſer Urſachen wegen ganzer zehn Minuten vorher anmelden. Ich gebe Ihnen aber mein Wort, daß das äuſſerſt ſelten geſchehn ſoll; nur bey beſondern wichtigen Vorfällen die ſich etwa in unſrer Familie ereignen, als zum Beyſpiel, wenn etwa eines von meinen Wagenpferden krank iſt. Ich trete in Ihr Zimmer, und finde Sie in einer reizenden Morgenkleidung neben Ihrem Liebhaber auf der Ottomane. Er will aufſtehn; „Reſtés donc! Il n'ya pas de quoi!" ſagen Sie, indem Sie ihn halten, und näh**e** an ihn anrücken, damit ich auf der andern Seite Plaz habe. Ich trage Ihnen meine Noth vor, und bitte Sie um Ihren Wagen, weil ich ſchlechterdings zu meiner Schönen fahren, und ihr zu ihrem Namenstage Glück wünſchen muß. Sie ſind ſo artig und bewilligen mir ihn, ich küſſe Ihnen die Hand, und hüpfe trällernd aus dem Zimmer, ſo froh, ſo heiter, als nur immer ein Ehemann ſeyn kann, der von ſeiner Frau geht. Ihr Liebhaber, der mich ſeit unſrer lezteren Entrevue im Augarten ſchon lange wieder aus dem Gedächtniß verlohren hat, fragt wieder „Qui eſt cet Officier, Madame?"—
„He mon Dieu Monſieur," antworten Sie in einem verdrüßlichen Tone, „c'eſt encore mon mari!"

Nanette. (Aergerlich.) Um Vergebung mein Herr, wird das noch lange so fortgehn?

Friz. (Als verstünd er sie nicht.) O nein, mit den Jahren ändert sich unser Ton. Wenn wir erst sechs oder acht Jahre verheurathet sind, dann fangen wir schon an von ernsthaftern Dingen zu sprechen. Zum Beyspiel, Sie treffen mich bey einem Feuerwerk, oder in einem Concert: „A propos, mon cher," sagen Sie zu mir, „wissen Sie nicht, was meine Kinder „machen?" — „Nein ma chere, ich weiß kein Wort! Warum?" — „Die Gräfinn Sperl sag„te mir vor acht Tagen, mein ältestes Fräu„lein hätte die Blattern; ich habe hundertmal „wollen nachfragen lassen, aber mein Gott, „man hat so tausenderley Dinge im Kopfe!" —

Sechster Auftritt.

Vorige, Graf Frohburg, welcher Henrietten geführt bringt.

Graf. Seht einmal Kinder, was ich da für einen Fund gethan habe! Liebe Nani, da bring ich Ihnen eine allerliebste Hausgenossinn!

Nanette. (Küßt sie.) Ich freue mich unendlich — Aber wie kommts, daß wir nicht eher das Glück hatten Ihre Bekanntschaft zu machen?

Henriette. Ich bin erst gestern Abend ganz spät hier angekommen.

Graf. Ja, und wenn ich Sie nicht ausgeflöbbert hätte, mein schönes Fräulein — kann ich mich doch nicht auf Ihren Namen besinnen — Ja so! Jetzt besinn' ich mich, Sie haben mir ihn ja noch nicht gesagt.

Henriette. Henriette von Fernau.

Graf.

Graf. Henriette! Allerliebst! Ein recht lieber Name das! Ich weiß nicht, von Jugend auf bin ich in den Namen Henriette verliebt gewesen! — Apropos! Ich muß Ihnen doch auch meinen Neffen vorstellen! Das ist ein lustiger Zeisig. Aber im Vertraun, das steckt im Frohburgschen Blute; wenn das ausgebraußt hat, so werden immer die besten Leute draus.

Henriette. So wie aus den lustigen Mädchen immer die besten Weiber werden.

Graf. Eine herrliche Bemerkung! Zum küssen schön! — Nun Neffe, was stehst Du denn da wie eine hölzerne Bildsäule? So küsse doch dem Fräulein die Hand! Du bist ja sonst nicht so blöde? — (Friz geht zu Henrietten, und spricht leise mit ihr.) Oder denkst Du etwa, Nani wird eifersüchtig?

Nanette. Nein wahrhaftig, das werd' ich nicht! Wenn er vor allem so sicher ist —

Graf. Wird noch kommen! — Apropos, was sagen Sie von meinem Friz? Wird er nicht einen guten Ehemann abgeben?

Nanette. O den besten von der Welt! Zumal wenn er dem Plane getreu bleibt, den er mir von seinem künftigen ehelichen Leben vorgelegt hat —

Graf. Was? — Der Wetterjunge hat einen Plan gemacht? Hm, das Plan machen ist doch sonst der Frohburge Sache nicht, so lange sie noch in dem Alter sind; hätt ich doch das nicht in ihm gesucht. — (Zu Friz der immer noch leise mit Henrietten spricht.) Aber man sehe doch! — Herr Neffe, sag' Er doch seine Gallanterien laut, wenn ich bitten darf, damit man auch etwas davon hört.

Nanette. Wir werden so viel nicht verlohren haben!

Graf.

ein Originallustspiel.

Graf. Sieh Neffe, lauter verliebter Verdruß! (Er stößt ihn zu Nanetten.) Kourage! Schmide das Eisen, weil es warm ist! — (Zu Henrietten.) Ihr Mädchen seyd doch rechte kleine Tyraninen! — Sehen Sie nur wie die Nani die Grausame allerliebst zu spielen weiß, sie sieht ihn nicht einmal an: Und das blos weil er mit Ihnen gesprochen hat!

Henriette. Es sollte mir unendlich leid thun, wenn ich unschuldiger weise Anlaß gegeben——

Graf. Unschuldiger weise? Wie das so allerliebst unschuldig klingt! Nein mein schönes Fräulein; mit Ihren Augen, mit Ihrem Munde, mit Ihrer Gestalt giebt man einer Verliebten nicht so ganz unschuldigerweise Anlaß zur Eifersucht. — Aber machen Sie Sich keine Sorgen. Ohne das hätte sich das Mädchen vielleicht noch lange nicht verrathen, und nun weiß ich doch hübsch wie ich mit ihr dran bin. Da sie ihn doch einmal heurathen soll —

Henriette. Wen? Den Herrn von Frohburg?

Graf. Ja, es ist schon so gut als richtig. In einigen Tagen denk ich sollen sie ein Paar seyn. — Und Sie mein schönes Fräulein, wie stehts mit Ihnen? Wirds nicht auch bald heissen, gnädige Frau?

Henriette. Leider will mich der alte Baron dazu machen, aber noch sperre ich mich aus allen Kräften dagegen.

Graf. Da haben Sie auch sehr Recht, daß Sie den alten Esel —

Siebenter Auftritt.

Vorige, Baron Seeburg.

Graf. (Der ihn zur Thür hereintreten sieht, bricht auf einmal ab, und läuft auf ihn zu.)

Je, liebes Herzensbrüderchen, gehorsamster Diener!

Seeburg. Ey, lieber Graf! — Also wohn' ich mit Dir in einem Hause? Das freut mich! — Wußt ich doch nicht wo mein Jettchen hingekommen wär: Ihr Mädchen sagte mir, es wär ein Herr zu ihr gekommen, und hätte sie hier herüber geführt.

Graf. Der Herr war ich. Ich gieng draussen durch den Vorsaal, sah ein Zimmer halb offen, kuke hinein, und seh das liebe Kind mutterallein drinn sitzen. Du weißt von Alters her, daß ich nicht blöde bin, sobald die Rede von einem hübschen Mädchen ist; ich machte also Bekanntschaft, und erfuhr, daß sie mit meinem alten Freunde Seeburg hier wäre — Du bist doch nicht böse?

Seeburg. O, gar nicht! Mit Dir hat das so viel nicht zu bedeuten!

Graf. Höre, sage das nicht so laut, gewisse Leute könnten glauben, der Neid spräch aus Dir.

Seeburg. (Leise.) Höre, wer ist denn der Offizier dort?

Graf. Mein Neffe, unterthänig aufzuwarten.

Seeburg. So? (Er winkt Henrietten mit der Hand, daß sie sich entfernen soll.)

Graf. Ich glaube gar alter Knabe, Du bist eifersüchtig? — Unter uns: Von dem hast Du nichts zu besorgen; der sitzt dorten (auf Nanette zeigend) fest.

Seeburg. Nun, nun, nun, solche Herren nehmens nicht so genau. Sie flattern um die Mädchen, wie die Schmetterlinge um die Rosen. (Laut.) Liebes Jettchen, ich habe den Schneider bestellen lassen, ich glaube er wird schon drüben warten.

Graf.

Graf. O, so laß sie doch noch da.

Seeburg. Es geht nicht! Der Mann hat mehr zu thun, und es ist wegen der Brautkleider.

Graf. Aber ob er nun fünf Minuten —

Henriette. (Dem Grafen einfallend.) Lassen Sie das, ich bitte! — Sie sehen, der Herr Baron sucht alles mögliche hervor, sich mir recht sehr angenehm zu machen. (Sie beurlaubt sich.)

Nanette. Ich werde das Vergnügen haben Sie zu begleiten. (Ab mit ihr.)

Friz. (Für sich.) Die Gelegenheit muß ich nützen! — (Laut.) Lieber Onkel, ich habe einen Gang —

Graf. Geniere Dich nicht. (Friz ab.)

Achter Auftritt.

Graf Frohburg, Baron Seeburg.

Baron. (Für sich.) Ah, dem muß ich den Paß verrennen. (Er will ab.)

Graf. (Hält ihn fest.) Nun? Wo willst denn Du schon hin?

Seeburg. Ich habe Verrichtungen —

Graf. Die wohl einigen Aufschub leiden können, denk ich?

Seeburg. Wahrhaftig Brüderchen, ich muß —

Graf. Dableiben, und mit mir plaudern mußt Du! Wir haben einander fast in neun Jahren nicht gesehen —

Seeburg. Eben deswegen kanns doch wohl noch einige Minuten anstehen?

Graf. Was fällt Dir denn so geschwind ein? Ich hätte grosse Lust Dich weidlich auszulachen.

Seeburg. Warum denn auslachen?

Graf. Daß Du so ein Narr bist. Was gilts Du bist eifersüchtig auf meinen Neffen?

Seeburg. Und was gilts, ich habe Ursachen dazu?

Graf. Höre Brüderchen, Du mußt ein verdammt schlechtes Zutrauen zu Dir selbst haben, wenn Du so leicht Ursachen zur Eifersucht finden kannst?

Seeburg. Mit Deiner Erlaubniß, eben nicht so gar leicht! — Was meinst Du: Er hat schon diesen Morgen von der Strasse hinauf zu ihr geliebäugelt —

Graf. Hat er? Ha ha ha! Das ist ein Wetterjunge!

Seeburg. Hat den Bedienten zu ihr hinaufgeschickt —

Graf. Das hat er dumm gemacht! In dergleichen Angelegenheiten gehn die Frohburge sonst allemal selbst: Das steckt so in unserm Blute.

Seeburg. Nun ja, das wollte er auch. Er ließ sich bey ihr anmelden. Aber sie hat ihn schon abgeführt.

Graf. Hat sie?

Seeburg. So wie ich nach Hause kam, erzählte sie mirs. Ich gieng gleich hinunter, und las ihm den Text.

Graf. Und er ließ sich ihn von Dir lesen?

Seeburg. Nun ja! Was wollte er machen? Ich hatte ja das Recht in Händen, und abläugnen konnte ers nicht. — Kurz ich traue ihm nicht, sage ich Dir!

Graf. Du machst gleich aus der Mücke einen Elephanten. Was Du mir da gesagt hast, das ist nichts weiter, als einer von den närrischen tollen Einfällen, die in der Frohburgischen Familie

milie gar nicht selten sind. Wir spühren ein Mädchen auf, das uns auffällt; versuchen unser Glück bey ihr: Gehts? Wohl gut! Gehts nicht? Je nun, so haben wir nur gespaßt. Deswegen reißt man sich den Kopf nicht herunter. Man thut als wär nichts vorgefallen, und geht um ein Haus weiter. So haltens die Frohburge. Aber wo sie einmal fest sitzen, da bleiben sie wie brave Kerls. Friz hat nun die Manette kennen gelernt; er weiß daß sie seine Frau werden soll, und nun steh ich Dir dafür, daß Du nichts mehr von ihm zu befürchten hast. — Aber sag mir doch, wie bist Du denn zu dem allerliebsten Mädchen gekommen?

Seeburg. Ihr Vater war ein guter Freund von mir, und bath mich auf dem Todesbette, ich möchte doch die Gefälligkeit für ihn haben —

Graf. Seine Tochter zu heurathen?

Seeburg. He he he! Das nun wohl nicht! Aber die Vormundschaft über sie zu übernehmen. Da hat nun zwischen ihr und mir so ein Wort das andere gegeben, kurz wir sind einig..

Graf. Aber was sagt Dein Sohn zu einer künftigen Stiefmutter?

Seeburg. Deswegen bin ich eben nach der Stadt gekommen, um mich mit ihm abzufinden. Der Junge hat mir in seinem Leben nichts zuwiedergethan, aber ich habe ihn von Kindesbeinen an nicht leiden können —

Graf. Ey Du bist ja ein allerliebster Vater Du!

Seeburg. Ey was! ich kann mir nicht helfen. Vater hin, Vater her, jeder ist sich selbst der nächste! Kurz, ich will ein für allemal nichts mehr mit ihm zu thun haben. Sein mütterliches Vermögen hat er schon weg, und nun bezahle

zahle ich ihm noch eine gewiſſe Summe, laſſe mir einen Revers von ihm geben, worinnen er allen künftigen Anſprüchen auf meine Erbſchaft entſagt, und ſo ſind wir mit einander fertig. — Noch habe ich ihn nicht treffen können —

Graf. Er gieng ſonſt viel in meinem Hauſe aus und ein. Er hatte ein Auge auf die Nani, ſeit ich ihm aber ganz troken weg ſagte, daß ich ſie für meinen Neffen beſtimmt hätte, ſo iſt er weggeblieben. Er hat mich gedauert, denn ich habe ihn gern, und die Sache ſchien ihm nahe zu gehn.

Seeburg. So? War er in das Fräulein verliebt? Das war noch der geſcheuteſte Streich, den er machen konnte.

Graf. Ich hätte es auch ſo gefunden, wenn ich nicht andre Abſichten mit ihr gehabt hätte. — (Er beſieht ihn von oben bis unten.) Alſo Du biſt wirklich feſt entſchloſſen, das junge Fräulein zu heurathen?

Seeburg. Feſt!

Graf. Höre Brüderchen, Du unternimmſt verdammt viel! Bedenke Deine Jahre —

Seeburg. Meine Jahre! Wie alt bin ich denn?

Graf. Wenigſtens noch einmal ſo alt, als Du ſeyn ſollteſt.

Seeburg. Ah, warum nicht gar! Zum Heurathen iſt man nie zu alt.

Graf. Ja, wenn zu alt ſeyn ſo viel heißt, als zu klug ſeyn, ſo haſt Du recht. Aber Herr Bruder, weißt Du auch gewiß, daß das bey Dir der Fall iſt?

Seeburg. Höre Herr Bruder, bleib mir mit Deinen anzüglichen Redensarten weg; ich hab ſie von Kindesbeinen an nicht leiden können —

Graf.

Graf. Das heißt, seit vollen drey und sech‍zig Jahren, nicht wahr?

Seeburg. Wer ist drey und sechzig Jahr?

Graf. Du! soll ich Dir's vorrechnen?

Seeburg. Funfzig bin ich!

Graf. Ha ha ha! — Drey und dreyßig Jahr sinds, daß wir uns kennen. Seit Anno 54, ich weiß es noch als obs heute wär. Ich war damals noch nicht 17, und Du mehr als 30. Nun zähl' einmal dreyßig, und drey und — (Der Baron ist ohne daß es der Graf gewahr wurde, fortgelaufen; dieser sieht sich um, und fährt allein fort.) Fort ist er! Hahaha! Der Narr will immer jünger seyn, als sein Geburts‍schein. Wahrhaftig, es ist doch fast kein lächer‍licheres Geschöpf, als ein alter verliebter Kerl! (Schlägt sich aufs Maul.) Sachte Frohburg! das mußt du nicht sagen! Gieb der Wahrheit die Ehre, und gestehe: Bist dus nicht beynahe auch? — Ja! — Aber nur beynahe! — Ey, und wenn ichs auch ganz und gar wär, bin ich nicht erst funfzig? Also hätt ich noch dreyzehn gan‍zer Jahr zu leben, ehe ich dem Baron nachkom‍me, und in dreyzehn Jahren läßt sich manches schönes Schäferstündchen erleben. — Wenn ich recht scharf rechne, so bin ich noch nicht einmal funfzig voll. Es fehlen noch — laß einmal sehn, — zwölf, dreyzehn — vierzehn Tage dran! — Und noch frisch und munter, wie ein Kerl von dreyßig! — (Er versucht seine Füsse.) O ich will noch zehn junge Bursche in den Sack hinein und wieder heraustanzen! Und so lange man noch tanzen kann, so lange kann man auch — — Hm! Das Mädchen war so freund‍lich gegen mich: Wenn ich nur wüßte, obs ihr Ernst wär, ich wär mein Seel im Stande, und — — Hm! Ein bischen besser sehe ich nun

wohl

wohl aus als der Baron. — Wenn ich nur wüßte wie ichs recht gescheut anstellte! (Er sezt sich nachdenkend nieder.)

Neunter Auftritt.

Graf, und Friz Frohburg.

Friz. (Für sich.) Das war eine fehlgeschlagene Spekulation. Auch nicht einen Augenblick hab' ich sie können allein sprechen.

Graf. (Sich umsehend.) Ah Neffe! — Höre ists nicht ein allerliebstes Mädchen?

Friz. Wer denn lieber Onkel?

Graf. Ja so! — Es ist auch wahr, Du kannst ja nicht wissen wen ich in Gedanken habe! — Das Fräulein Henriette von Fernau meine ich.

Friz. (Für sich.) Ich glaub' er will mich ausforschen. — (Laut.) Ich habe sie, aufrichtig zu sagen, nicht recht genau angesehn.

Graf. Nicht angesehn? Und sprachst doch mit ihr?

Friz. Von gleichgültigen Dingen! Vom Wetter, von — was weiß ich wovon!

Graf. Ey ich will ja gar nicht wissen, wovon Du mit ihr gesprochen hast. Aber so ein niedliches Mädchen nicht anzusehn! Ich, in Deinen Jahren, hätte das Auge nicht von ihr verwandt. — Aber eben fällt mirs ein, die Schönheitsstralen Deiner Nani werden Dich geblendet haben, nicht wahr? He he he! Nur zu, Neffe, ich sehe es gern daß Du so recht in sie verliebt bist. — Wieder auf das Fräulein zu kommen: Stell Dir vor Friz, das arme Kind soll die Frau des alten Barons werden!

Friz. So? — Da ist sie wirklich recht sehr zu beklagen!

Graf.

Graf. Das mein ich auch! — Höre, obs denn gar kein Mittel gäb, sie dem alten Knauser aus den Zähnen zu rücken?

Friz. Das käm darauf an! — Hätten Sie eine andre Parthie für sie?

Graf. Ich? — Je nun, ich — wüßte wohl allenfalls eine, — aber — nein, es geht nicht!

Friz. Warum denn? Es muß alles in der Welt gehn, so bald mans recht anfängt.

Graf. In der Regel fängt man so eigentlich — bey dem Anfange an! Aber der Henker finde den! — Ich kann Dir sagen, das Mädchen dauert mich herzlich!

Friz. Mich auch, lieber Onkel! — Ich kann unmöglich glauben, daß sie den alten häßlichen Baron gern nimmt.

Graf. Den Teufel wird sie! — Höre Friz, es ist mir da vorhin ein Gedanke durch den Kopf gelaufen — aber — es geht nicht!

Friz. Nun? Und dieser Gedanke?

Graf. Ich dachte so bey mir selbst: Das Mädchen ist so hübsch, so allerliebst, so scharmant, daß sie wohl verdiente, in die Familie der Frohburge zu kommen.

Friz. Aber die Art, wie sie in unsre Familie kommen sollte, lieber Onkel?

Graf. Ja, siehst Du, eben da stecktś! — Drum, ich sagte es ja gleich daß es nicht gieng!

Friz. (Für sich.) Ah, guter Onkel, auf die Art fängst Du mich nicht!

Graf. Durch einen von uns beyden müßte es nothwendig geschehn. Du hast aber schon das Deinige, und ich? — He he he! — Ich? (Lacht gezwungen.)

Friz. (Für sich.) Was Teufel? Ich glaube er ist selbst geschossen! — (Laut.) Nun, und Sie, lieber Onkel?

Graf.

Graf. (Zwingt sich noch stärker zu lachen.) Ich? — ach geh doch weg!

Friz. Nun warum denn nicht? Da seh ich nichts lächerliches!

Graf. Geh doch! — Ich! — Du willst mich zum Besten haben! Ich, auf meine alten Tage noch heurathen!

Friz. Auf Ihre alten Tage! Wie alt sind Sie denn? Sechs oder acht und vierzig —

Graf. Beynahe Fünfzig, Neffe!

Friz. Und wenn auch! Immer noch nicht zu alt. Besonders bey Ihrer Konstitution —

Graf. Das ist wahr, gesund bin ich, Gott lob!

Friz. Und bey Ihrem Humor —

Graf. Familienblut, Neffe!

Friz. Desto dauerhafter ist er. Glauben Sie mir, lieber Onkel, Männer wie Sie machen bey den Mädchen gewiß mehr Glück als die jungen Laffen, wie man sie in den Mittagsstunden zu Dutzenden auf dem Graben herumlaufen sieht; junge Greise, die schon im zwanzigsten Jahre so überreif aussehen, wie wurmstichiges Obst, an denen man den Kopf ganz und gar vermissen würde, wenn es nicht ihre Friseurs durch ihre Zauberkünste so weit gebracht hätten, daß es von Ferne aussteht als hätten sie einen, und sie das Herz zu weiter nichts haben, als, damit eine Schleufe da ist, durch welche das Blut laufen kann.

Graf. Also Neffe, Du meinst —

Friz. Ich meine, daß Sie thun können was Sie wollen, ohne irgend jemanden darum zu fragen.

Graf. Aber die Welt wird lachen —

Friz. Wer sich daran kehren wollte, müßte gar nichts vornehmen. Es giebt keine Handlung,

lung, und wenn sie auch an sich noch so vernünftig ist, die nicht wenigstens einem halben Schock Narren lächerlich vorkommt. — Lachen Sie wieder, und wer zulezt lacht, ist der Klügste.

Graf. (Springt auf ihn zu, und küßt ihn.) Spitzbube! Das hast Du mir aus der Seele gestohlen! — Also so weit wären wir. Nun kommts nur noch auf den kleinen Umstand an, ob mich das Mädchen will?

Friz. Je nun, eine Frage steht Ihnen ja frey.

Graf. Ja, aber wie die thun? Mündlich? Der Alte bewacht sie gewiß wie ein Drache. Ueberdem muß ich Dir aufrichtig sagen, ich fürchte mich für der dummen Figur die ich machen würde, wenn sie mir etwa einen Korb gäb. — Was meinst Du, wenn ich an sie schrieb?

Friz. Das gieng an.

Graf. Das will ich auch gleich thun. Du mußt ihr aber den Brief übergeben. (Geht ab.)

Friz. (Allein.) Ha ha ha! Mein Onkel verliebt, und ich sein Merkur! Ich soll ihr den Brief zustellen? Guter Onkel! Wenn ich sonst mit guter Art an Henrietten kommen könnte, ich hätte andre Sachen bey ihr zu thun, als ihr deine Briefe zu bringen!

Graf. (Kömmt wieder zurück.) Höre Neffe, der Brief braucht wohl nicht gar zu lang zu seyn?

Friz. Bewahre lieber Onkel! Je kürzer je besser!

Graf. Kurz und bündig, nicht wahr? Ohngefähr so: „Sie gefallen mir ausserordentlich „schöne Henriette. Wenn ich hoffen dürfte, „daß ich Ihnen besser gefiel als Ihr alter Ba„ron,

D

„ron, und daß Sie mir meine fünfzig Jahre „verzeihen könnten" — Siehst Du, meine fünfzig Jahre verzeihen, das ist ein guter Ausdruck, nicht wahr?

Friz. Klingts doch, als ob Sie Sich sie für eine Sünde anrechneten!

Graf. In den Augen eines achtzehnjährigen Mädchens ists immer eine schwere Sünde, funfzig Jahre alt zu seyn! — also: „verzeihen könn„ten, so würde ich Sie um die Erlaubniß bit„ten, mich zeitlebens nennen zu dürfen, Ihren „ganz eignen Franz Grafen von Frohburg." Ists so recht?

Friz. O ja, lieber Onkel, völlig gut!

Graf. Nun so komm. Ich wills geschwind aufschreiben; dann mußt Du aber auch gleich sehn, wie Du ihr den Brief zupraktizirst. Du weißt, ich warte nicht gern lange.

(Beyde ab.)

Dritter Aufzug.

(Wohnung des Barons.)

Erster Auftritt.

Baron Seeburg, Karl Seeburg.

Karl. Sie haben mich rufen lassen, mein Vater. (Er will ihm die Hand küssen, die der Baron zurückzieht.)

Baron. Gehorsamer Diener! Keine Ungelegenheit! — Höre Karl, ich möchte gern mit Dir in Richtigkeit kommen.

Karl.

Karl. Mit mir, mein Vater?

Baron. Man kann nicht wissen: Es ist so um Lebens und Sterbens willen. — Sage mir doch einmal, wie hoch schäzest Du wohl mein Vermögen?

Karl. Wie kommen Sie auf diese Frage?

Baron. Ich habe meine besondern Ursachen dazu. Sieh es giebt Leute die mich für sehr reich ausschreyen. Weiß der Himmel wie viel Tonnen Goldes ich haben soll. Aber glaube von dem allen nichts. Mein ganzes Vermögen beläuft sich etwa auf vierzigtausend Gulden. Wie, wenn ich Dir nun sogleich die Hälfte davon hier in der Stadt auszahlen ließ, und Du gäbst mir einen Revers, worinn Du Dich von allen Ansprüchen an mich oder mein Vermögen feyerlich los sagtest?

Karl. Ich erstaune! Und wozu das?

Baron. Weil ich nicht leiden kann, daß es ein Geschöpf giebt, das den Augenblick kaum erwarten kann, wo ich die Augen zudrücke.

Karl. Und dieses Geschöpf soll ich doch nicht seyn?

Baron. Wer sonst? Ich habe ja sonst kein Kind.

Karl. Mir können Sie so etwas zutrauen, mein Vater? Wodurch habe ich das verdient? Wenn mir je dieser strafbare Gedanke —

Baron. Strafbar! Paperlapap! — Sieh Karl, wenn Du auf einem Plaze stehst, auf dem ich gern stehn möchte, von welchem ich Dich aber gewaltsam vertreiben entweder nicht kann, oder nicht will, so stell' ich mich wenigstens neben Dich, und laure bis Du weggehst. Darinn seh ich nichts strafbares. Das ist ja so natürlich! So machen es die Kinder gerade auch, die von ihren Eltern eine reiche Erbschaft erwarten, und Du wirſts gewiß um kein Haar beſſer machen. — Alſo beſinn Dich nicht lange; ſetze den Revers auf—

Karl. Alles in der Welt, mein Vater, nur das nicht!

Baron. Weißt Du was? Ich will noch fünftauſend zulegen: Alſo fünf und zwanzigtauſend—

Karl. Nicht für hunderttauſend, mein Vater! nicht für Ihr ganzes Vermögen!

Baron. Höre, mach mich nicht böſe!

Karl. Wie? Ich ſollte mich ſo ganz von Ihnen losreiſſen? Wenn ich das Unglück hatte, Ihnen zu mißfallen, ſo laſſen Sie mir doch wenigſtens den Troſt, daß ich Sie noch Vater nennen darf. Ich würde mich ſelbſt verachten, wenn ich dieſes heilige Recht, das mir die Natur gab, für Geld an Sie verkaufte!

Baron. An mich verkaufte!

Karl. Und was thät ich durch dieſen Revers anders? Nein! ich habe groſſe, ich habe geheiligte Anſprüche an Sie, deren ich mich, ſo viel ich weiß, noch nicht unwürdig gemacht habe; aber dieſe Anſprüche betreffen nicht Ihr Vermögen, ſie betreffen Ihr väterliches Herz.

Baron. Sieh nur was Du da für albernes Zeug ſchwatzeſt, und hernach verlangſt Du auch noch, daß ich Dich lieb haben ſoll!——— Höre einmal Karl, Du kennſt doch einen gewiſſen Graf Frohburg?

Karl. Ja mein Vater.

Baron. Und auch die gewiſſe Fräulein Nanette die bey ihm iſt?——— (Karl ſchweigt betroffen ſtill.) Siehſt Du? Ich weiß Deine Streiche alle! Du haſt ein Auge auf ſie, geſtehs nur!— Höre, wenn ich Dir nun zu ihrem Beſitz verhälfe?

Karl. Mein Vater!

Baron. Aber den Revers?

Karl. Sie setzen mich auf eine harte Probe!

Baron. Also wir sind einig?

Karl. Nanette! — Du bist der Preiß! — Sie haben mein Wort! Aber alsdenn müssen Sie mir erlauben, daß ich nicht nur auf einen Theil, sondern auf Ihr ganzes Vermögen Verzicht thue.

Baron. Nun, damit Du siehst, daß ich kein unbilliger Mann bin, auch das bin ich zufrieden. Du willst also die fünf und zwanzigtausend Gulden nicht?

Karl. Nein mein Vater, denn ich möchte Sie so gern überzeugen, daß ich das Geschöpf nicht bin, das auf Ihren Tod wartet.

Baron. Wie Du nun bist! Hast Du das schon wieder übel genommen? — — Sag mir einmal, hat Dich Nanette gern?

Karl. Ich schmeichle mir's.

Baron. Ah was schmeicheln! Gewiß mußt Du Deiner Sachen seyn!

Karl. Ich habe das feyerliche Geständniß von ihr, daß sie mich liebt.

Baron. Wenn das ist, so will ich Dir einen ganz leichten Weg zeigen, wie Du sie erhalten kannst. (Vertraulich.) Du mußt sie bereden, daß sie mit Dir davon läuft.

Karl. Und diesen Rath können Sie mir geben?

Baron. Und warum denn nicht, wenn man so frey seyn darf zu fragen?

Karl. Wie? Ich sollte ein Mädchen, das ich wie meine Seele liebe, deren Ehre mir so theuer ist als mir meine eigne nur immer seyn kann, zu einem Schritte verleiten —

Baron. Nun, nun, nun! Da haben wir den Grillenfänger! Ueber den erschrecklichen Schritt wenn ein Mädchen mit ihrem Liebhaber ein wenig davon läuft, um sich alle Weitläufigkeiten zu ersparen!

Karl. Mein Vater, wir denken vielleicht über diesen Punkt verschieden —

Baron. Wie über so viele Andre! — Aber das ist heut zu Tage so der Gebrauch der Herren Söhne: Das Ey will immer klüger seyn als die Henne.

Zweyter Auftritt.
Vorige, Henriette.

Baron. Sieh Karl, da kommt Deine künftige Stiefmutter.

Karl. (Macht ihr eine ganz gleichgültige Verbeugung, und dreht sich dann schnell zu seinem Vater. Halb laut.) Und doch können Sie kein Geschöpf leiden, das auf Ihren Tod wartet?

Baron. (Drohend.) Bst! Junge!

Henriette. (Empfindlich.) Ich danke Ihnen für dieses verbindliche Kompliment, Herr Baron. — (Für sich.) Das fehlte noch!

Karl. Ich bitte um Verzeihung, gnädiges Fräulein. Es war von jeher mein Fehler, daß mir das Herz auf der Zunge sitzt. Ich würde heucheln, wenn ich Ihnen sagte, daß mir der Entschluß meines Vaters sich wieder zu verheyrathen Freude machte. Aber glauben Sie ja nicht, daß das Eigennutz ist. Nein, nehmen Sie das ganze Vermögen hin, das ich zu hoffen habe, und geben Sie mir das zurück was Sie mir raubten! Das Herz meines Vaters!

Henriette. In der That Herr Baron, Sie könnten mich um nichts bitten, das ich Ihnen mit besserm Herzen bewilligte.

Baron. (Zupft sie.) Ist das Ihr Ernst?

Henriette. (Ein wenig verlegen.) Sie hören ja, daß ich —

Baron. Nun nun! Ich merke wohl, daß Sie es nur so sagen, um ihn zu beruhigen! — (Laut.) Hören Sie einmal, liebes Jettchen, ich hatte eben einen Streit mit meinem Sohne, den Sie entscheiden sollen. Er ist in ein junges, reiches und hübsches Mädchen verliebt —

Henriette. Jung, reich und hübsch? Da entscheid ich, daß der Herr Baron sehr Recht hat.

Karl. Das gnädige Fräulein sind bey sehr guter Laune!

Henriette. Das bin ich gemeiniglich, wenn sich gewisse Leute vornehmen mir sie zu verderben.

Karl. Ich verstehe den Wink! (Er will sich beurlauben.)

Baron. (Ihn zurückhaltend.) Wo willst Du denn schon hin? Wir müssen ihr doch erst den Fall ganz auserzählen. — Der Vormund des Mädchens hat aber andre Absichten mit ihr —

Henriette. Er will sie vermuthlich für sich selbst behalten?

Baron. (Mit wichtigschlauer Miene.) O nein! So klug sind nicht alle Vormünder! — Er hat sie für einen andern bestimmt, und will sie also meinem Sohne durchaus nicht geben. Nun hab' ich ihm gerathen, er soll sie entführen —

Henriette. Nun? Und der Herr Baron?

Baron. Denken Sie nur, da hat er mir ein Langes und Breites von Ehre, von Schritten und Gott weiß wovon vorgeschwazt!

Henriette. Aber wissen Sie auch, daß der Herr Baron sehr Recht hat, wenn er allerhand Bedenklichkeiten dabey findet? Es läuft sich

nicht

nicht so geschwind davon als manche Leute glau=
ben.

Baron. Ach warum denn nicht! Wenn mans
sonst klug anfängt!

Henriette. Und glauben Sie denn, daß sich
das Frauenzimmer sogleich wird willig dazu fin=
den lassen?

Baron. Da wär sie wohl nicht klug wenn
sie's nicht thät. Ehe sie sich einen Mann auf=
bringen läßt, den sie nicht mag, ist's doch zwan=
zigmal gescheuter, sie vergleicht sich mit einem
der nach ihrem Geschmack ist.

Henriette. Aber das Skandal das ein solcher
Schritt giebt —

Baron. Gutes Jettchen! Man hörts, daß
Sie noch nicht viel in der grossen Welt gewesen
sind! Ueber das Skandal geben und Skandal
nehmen ist man in unsern Zeiten längst weg: —
Ueberdem, muß so eine Sache nicht ruchtbar
werden, denn wenn sie es wird, so ist allemal
die Einfalt der Eltern oder der Vormünder
schuld. Wer wird denn da gleich Lermen machen? Man sagt, das Fräulein ist ins Bad,
oder auf die Güter, oder zu einer Verwandten
gereißt; der Herr Graf, der Herr Baron der
und der hat sie ein wenig begleitet, weil ihn
sein Weg gerade auch in die Gegend führte.
Wenn dann der Paris mit seiner Helena wie=
der zurückkommt, so wird die Vermählung de=
klarirt, und damit gut.

Henriette. Wahrhaftig, Sie machen Einem
das Ding so süß, daß man ordentlich Lust be=
kommt, davon zu laufen! Wenn gleich einer da
wär, der es mit mir versuchen wollte, wer
wüßte —

Karl.

Karl. O mein Fräulein, für Sie steh ich. Die goldenen Fesseln die Sie hier binden sind zu stark —

Henriette. (Aeusserst empfindlich.) Wahrhaftig Herr Baron, Sie spielen den Stiefsohn gegen mich schon so natürlich, noch ehe ich Ihre Stiefmutter bin, daß — (sie faßt sich schnell wieder, und nimmt ihren naiven Ton an) ich auch einmal die Stiefmutter gegen Sie spielen muß. (Komisch pathetisch.) In Kraft und Gewalt also des Ansehns, welches Ihr Herr Vater mir über Sie zu übertragen im Begriff steht, befehle ich Ihnen hiermit, so bald als möglich mit der Geliebten Ihres Herzens auf und davon zu gehn. Auch ist mein ernstlicher Wille, daß Sie stehendes Fusses zu ihr eilen, und ihre Einwilligung dazu erbitten — (wieder im natürlichen Tone) die sie Ihnen auch gewiß nicht versagen wird, denn ein Mann von Ihrer Gestalt und Talenten, du lieber Himmel! wozu könnte der ein Mädchen nicht bringen!

Karl. Diese feine Art mich gehn zu heißen macht wahrhaftig Ihrer Erfindungskraft Ehre. (Er macht eine Verbeugung die sie erwiedert, und geht.)

Baron. (Ihm nachlaufend.) Karl! Karl! Höre doch! Noch ein Wort! (Ab.)

Dritter Auftritt.

Henriette (allein,) dann Dorchen.

Henriette. Nun das heißt in der That der Geduld eines Mädchens sehr viel zugemuthet! Was ich habe an mich halten müssen! Nicht genug, daß mich der alte Herr mit seiner unausstehlichen Liebe halb tod martert, bewirthet mich

mich der Herr Sohn auch noch mit Impertinenzen. — Aber das muß anders werden! — Wenn ich nur zehn Worte mit meinem Friz sprechen könnte! — Hm! Ich könnte ihm ja wohl auf die Nacht ein Rendesvous geben? — Freylich ist das für ein junges Mädchen ein wenig gewagt, aber was hilfts? Noth bricht Eisen. Ueberdem laß ich mein Mädchen nicht von der Seite, und da — ja das will ich! (Sie sezt sich nieder und schreibt.) „Ich habe Ihnen „Dinge von Wichtigkeit zu sagen. Halten Sie „sich gegen Mitternacht in der Nähe unsers „Vorsaals auf. Mein Mädchen wird Sie er„warten." — (Sie klingelt. Dorchen erscheint.) Geschwind ein Licht! (Dorchen ab, und kommt gleich wieder mit dem Lichte.)

Dorchen. An wem schreiben Sie denn da, gnädiges Fräulein?

Henriette. An meinen Friz. (Indem sie siegelt.) Ich habe ihn für diesen Abend ein Rendesvous gegeben.

Dorchen. Hier?

Henriette. Ja! Warum?

Dorchen. Aber der Baron?

Henriette. Närrchen! Der geht ja immer nach zehn Uhr schlafen.

Dorchen. Das wär etwas; aber wie soll das Billet an den Grafen kommen?

Henriette. Daran hab ich wahrhaftig noch nicht gedacht. — Dorchen wie wär's, wenn Du Dir einen Behelf hinaus machtest, und sähst, ob die ihn oder seinen Bedienten etwa habhaft werden könntest?

Dorchen. Der alte Herr steht noch draußen an der Treppe, und spricht mit seinem Sohne. Wenn der weg ist, so will ichs versuchen.

Hen=

ein Originalluſtſpiel.

Henriette. (Nach einigem Nachſinnen.) Gieb nur das Billet wieder her; ich habe mich anders beſonnen. Der Baron magś beſtellen, da bin ich ſicher daß es in die rechten Hände kommt.

Dorchen. Der alte Baron? Ihr Liebhaber?

Henriette. Ja doch, ja! Mein Bräutigam, wenn Du willſt!

Dorchen. Der ſoll dieſes Billet beſtellen?

Henriette. Was das für ein Gefrage iſt!

Vierter Auftritt.

Vorige, der Baron.

Baron. Liebes Goldjettchen, ich habe meines Sohnes wegen recht ſehr bey Ihnen um Verzeihung zu bitten. Ich hoffe aber, Sie werden mir's nicht zurechnen, daß er ſich ſo unartig betragen hat.

Henriette. Ach ich habe ganz andere Dinge im Kopfe gehabt, als auf das zu hören, was mir Ihr Herr Sohn geſagt hat. Wenn ſich nur andere Leute nicht ſo unartig betrügen —

Baron. Andre Leute?

Henriette. Ja wohl! — Nicht wahr, Sie haben wohl heute früh da auf der Straße dem Neffen des Grafen Frohburg erſchreckliche Dinge geſagt?

Baron. Ich habe ihm den Kopf ſo gewaſchen, daß er ſo bald nicht wiederkommen wird. dafür ſteh ich Ihnen.

Henriette. Aber wenn er nun ſchon wiedergekommen wär?

Baron. Wenn er wär? — Er wird doch nicht!

Henriette. O, er iſt ſchon! Ich habs Ihnen ja gleich geſagt, daß ſich ſolche unbeſonnene

But-

Bursche nicht so leicht abschrecken lassen. Als Sie vorhin hier mit Ihrem Herrn Sohn sprachen, so klingelte jemand an der Vorhausthür. Da ich eben draussen war, so gieng ich selbst zu sehen wer's wär. Ich mache auf, und wer konnte es anders seyn, als der saubere Officier?

Baron. Er wars? Nun, und?

Henriette. Ich wollte ihm die Thür vor der Nase wieder zuschlagen, aber er hielt sie fest, und fieng an mir eine Menge Dinge herzusagen, wovon ich aber für Bosheit kein Wort verstanden habe. Endlich steckte er mir dieses Billet in die Hand, und drückte mich dabey so zärtlich, daß ich hätte laut schreyen mögen, und ehe ich noch antworten konnte, war er wie ein Pfeil die Treppe hinunter.

Baron. Nun? Und was schreibt er denn?

Henriette. Das weiß ich nicht. Sie müssen ihm das Billet wieder zurückgeben. (Sie giebt ihm das Billet.)

Baron. Das will ich auch, aber wir müssen doch wissen was drinn steht. (Er will es erbrechen.)

Henriette. (Hält ihm die Hand.) Bey Leibe nicht! Uneröffnet muß ers wieder bekommen, damit er sieht, daß ich ihn nicht einmal der Mühe werth halte, sein Geschmier zu lesen.

Baron. Ey ich sage ihm, daß ichs erbrochen habe.

Henriette. So wird er doch glauben was er will. Da kennen Sie die Eitelkeit solcher jungen Cäsars nicht. Kurz um, ich gebe es durchaus nicht zu, daß Sie es erbrechen!

Baron. Aber ich möchte doch so gern wissen, was drinnen steht.

Henein Originalluftspiel.

Henriette. Was wirds denn seyn? Fades Liebesgewäsch, wie mans in unsern Duzendromanen auf allen Seiten lesen kann.

Baron. Es ist auch wahr. — Hm! Er muß verdammt eilig gewesen seyn. Er hat nicht einmal eine Aufschrift darauf gemacht.

Henriette. Da er selbst der Briefträger war, so war's ja nicht nöthig. — Also Sie geben ihm das Billet so geschwind als möglich zurück?

Baron. Das versteht sich! Und die Wahrheit sagen will ich ihm nach Herzenslust! Jezt hab ich schon mehr Muth als diesen Morgen. Im Vertraun, der Bursche hat kein Herz: Wenn man ihn ein wenig hart anredet, so zieht er gleich ein.

Henriette. Und Sie versprechen mir auch, das Billet nicht zu erbrechen?

Baron. Ein Mann ein Wort: — Hier ist meine Hand drauf. Eher wollt ich für Neugier bersten, als etwas thun, was mein Jettchen nicht haben will. — Ich will gleich sehn, wo ich den saubern Herrn finde. (Ab.)

Dorchen. (Fängt aus vollem Halse an zu lachen.) Verzeihen Sie mir gnädiges Fräulein, ich kann mir aber nicht helfen! Ich glaube, ich wär geplazt, wenn er nicht bald gegangen wär! Es ist also doch wahr, was mein verstorbener Vater immer zu sagen pflegte.

Henriette. Nun? Und was sagte er denn?

Dorchen. Die Liebe macht aus alten Männern, Kinder, und aus jungen Mädchen, Weiber.

Henriette. Hm! Nicht so übel! (Ab.)

Fünf-

Fünfter Auftritt.

(Wohnung des Grafen Frohburg.)

Graf Frohburg allein, er klingelt, ein Bedienter erscheint.

Graf. Ist mein Neffe zu Hause?
Bedienter. Nein Ihro Gnaden. Er ist vor einer Viertelstunde ausgegangen.
Graf. Hat er Euch nicht gesagt, wenn er wieder kommt?
Bedienter. Nein Ihro Gnaden.
Graf. Schon gut! — (Bedienter ab. Der Graf geht einmal im Zimmer auf und ab, dann klingelt er wieder, der Bediente erscheint.) Sobald mein Neffe nach Hause kommt, soll er gleich zu mir kommen; ich habe was sehr nothwendiges mit ihm zu sprechen.
Bedienter. (Ab.)
Graf. (Allein, sezt sich nieder.) Wie einem doch die Zeit lang wird, wenn man auf etwas wartet. — Wenn ich nur wüßte, ob er ihr den Brief hat zupraktiziren können? — — (Er steht auf.) Hm! hm! hm! Es ist doch bey alledem etwas sonderbares um die Liebe! — Und wie einem das so kommt, man weiß nicht wie? — Man sieht ein Mädchen, das recht artig aussieht, und das nicht nur recht artig aussieht, sondern auch recht artig spricht; man horcht ihr zu: Das ist so natürlich als was! — Man kriegt Lust, den Mund ein wenig anzusehn, aus dem solche artige Dinge kommen: Das ist eben so natürlich! — Man sieht eine Reihe Zähne, die gegen zwey rothe Lippen abstechen, wie Perlen gegen Rosenblätter: Man wird neugieriger, man betrachtet die umliegenden Ge-

ein Originalluftspiel.

genden eines so allerliebsten Mundes etwas aufmerksamer; man stößt auf ein paar Wangen, und dann begegnet man einem paar Augen. — Das ist eben der Teufel! Das ist die Klippe an der schon mancher gescheitert ist. So ein paar Augen sind so recht — so — so recht das non plus ultra einer bedeutenden Phisiognomie! — Diese Augen bleiben auf einem ruhen, man bleibt auf ihnen ruhen, und — und drüber verliehrt man zehnmal mehr Vernunft als man hat! — — Wie sie nur meine Erklärung aufgenommen hat? — Gut oder nicht gut? — Da wär eine Wette zu machen! — Aber mit wem wetten? — — (Er nimmt zwey Dukaten aus der Tasche, und legt auf jede Hand einen. Zur rechten Hand.) Du, du bist die geschickteste, du wirst also auch hier die kluge spielen wollen, und gegen mich wetten? — Also du behauptest, sie schickt mich mit der langen Nase fort. — Aber du (zur linken Hand) du bist auf der Seite des Herzens, und also auf meiner Seite. Du sprichst: Sie schickt mich nicht fort! Nicht wahr?

Sechster Auftritt.

Graf Frohburg, Baron Seeburg.

Baron. Ich bitte um Verzeihung, daß ich so geradezu gehe. Ich suche eigentlich Deinen Neffen.

Graf. Ich warte schon seit einer Stunde auf ihn. Was willst Du denn von ihm?

Baron. Das ist wieder ein schöner Streich den er da gemacht hat!

Graf. Wer? Mein Neffe?

Ba-

Baron. Ja, ja, Dein Neffe! Ein sauberes Stückchen!

Graf. Und was hat er denn gemacht?

Baron. Nicht wahr, von ihm hab ich nichts zu fürchten, gar nichts! Dafür stehst Du mir! Du wärst schlecht weggekommen, wenn ich Deine Bürgschaft angenommen hätte!

Graf. Aber so sag doch nur, was —

Baron. Weil es bey meiner Braut mit den Visiten nicht recht fort will, so probirt ers mit Briefen.

Graf. (Für sich.) O weh! o weh! — (Laut im erzwungenen schmerzhaften Tone.) Und findet sie das nicht viel bescheidner, als wenn er ihr mit seiner Figur beschwerlich fällt?

Baron. Ey sie will weder seine Figur noch seine Briefe! Sie hat mich gebethen, ich soll ihm den Wisch uneröfnet wieder zurück geben.

Graf. (Für sich.) Den Wisch! Hm! Hm! — (Laut.) Weiß sie denn von wem er ist, dieser Wisch?

Baron. Doch wohl! Er hat ihn ihr ja selbst in die Hand gesteckt.

Graf. Aber wenn ihr so ganz und gar nichts dran liegt, warum hat sie sich ihn denn in die Hand stecken lassen?

Baron. Weil er ihre Antwort gar nicht abgewartet hat. Er ist wie ein Bliß die Treppe hinunter geschossen.

Graf. (Sieht den Dukaten den er noch immer in der linken Hand hält wehmüthig an, und wirft ihn in die rechte. Heimlich zur rechten Hand.) Du hast also doch gewonnen!

Baron. Was meinst Du?

Graf. Ich meine — ich meine — gieb mir nur den Brief her, ich will ihn —

Baron. Nein nein, in seine eigene Hände will ich ihn zurückgeben.

Siebenter Auftritt.

Vorige, Friz Frohburg.

(Der Graf geht den ganzen Auftritt hindurch ängstlich herum, und sagt jedem seine Reden blos indem er an ihm vorbey geht halblaut ins Ohr.)

Baron. Ah, da kommt er ja! — Ich habe schon wieder einen Auftrag an Sie, der dem von diesem Morgen gleich sieht wie ein Tropfen Wasser dem andern.

Friz. Es soll mich unendlich freuen, wenn das wahr ist.

Graf. (Leise zu Friz.) Er bringt meinen Brief wieder zurück.

Friz. (Für sich.) Kann unmöglich seyn, guter Onkel, denn der steckt noch ruhig in meiner Tasche.

Baron. (Der indessen Henriettens Billet gesucht hat, mit höhnischem Lächeln) Es thut mir leid, daß ich heute immer der Ueberbringer schlimmer Nachrichten seyn muß!

Friz. O machen Sie Sich darüber ja keinen Skrupel, es kann alles noch sehr gut werden!

Baron. Das wird die Zeit lehren. Indessen habe ich die Ehre Ihnen den Brief wieder zuzustellen, den Sie vorhin meiner Braut zugesteckt haben. (Friz nimmt den Brief, erbricht ihn, wirft einen Blick hinein, und faltet ihn geschwind wieder zusammen.) Sie sehen er ist noch unerbrochen, wie er aus Ihren Händen kam. Wahrhaftig es ist Schade um die Mühe, die Sie Sich gegeben haben! Vermuthlich haben Ihnen die Süssigkeiten die alle drinn stehen mögen, manchen Schweißtropfen gekostet! Und sie hat sie nicht einmal gelesen!

Graf. (Leise zu Friz.) Laß den alten Narren nur reden, Neffe!

Friz. Ich versichere Ihnen Herr Baron, Sie könnten mir in der Welt keinen angenehmern Dienst erzeigen, als daß Sie die Mühe über sich genommen haben, mir diesen Brief in Person zu überbringen.

Graf. (Wie oben.) So ist's recht! Bezahle ihn mit gleicher Münze!

Baron. Ich hätte in der That nicht geglaubt, daß Sie Sich so sehr in der Gewalt hätten!

Friz. Wenn das nicht wär, ich wär Ihnen lange um den Hals gefallen.

Baron. Zu meiner Zeit, wenn Sie's nicht übel nehmen wollen, nannte man das Unverschämtheit.

Graf. (Zum Baron.) Bst! Ein wenig höflicher wenn ich bitten darf. — (Zu Friz.) Sag ihm nur rechte Sottisen, wenn Du mich lieb hast!

Baron. Aber Herr Bruder, ich weiß auch gar nicht wie Du bist. Du sagst kein Wort dazu?

Graf. Nun! Nun! Nun!

Baron. Mein Neffe sollte er seyn! Ich wollte ganz anders mit ihm herumspringen!

Graf. Wer wird denn um eine solche Kleinigkeit so viel Aufheben machen?

Baron. Eine Kleinigkeit nennst Du das? Mit der Braut eines andern Liebesbändel anfangen zu wollen?

Friz. Sie sehen lieber Onkel, der Herr Baron hat viel Selbstkenntniß. Mancher Andrer an seiner Stelle würde in sich selbst Gründe ruhig zu seyn finden; aber er zittert schon für dem bloßen anfangen wollen.

Baron. Ich verstehe zwar eigentlich nicht recht, was Sie damit sagen wollen: Was aber die Selbstkenntniß anbetrift, so wünsche ich Ihnen von ganzem Herzen eine recht tüchtige Portion davon. Alsdenn würden Sie Sich wenigstens nicht einem jungen Frauenzimmer mit Gewalt aufbringen, das Sie nicht mag.

Graf. (Zu Friz.) Neffe, um Gottes willen werde nur nicht hitzig!

Friz. Ich? Bewahre! Der Herr Baron meint es ja gut mit mir! Das (auf die Tasche, wo das Billet steckt zeigend) ist nun schon der zweyte Beweiß, den er mir heute davon giebt.

Baron. (Sich in die Brust werfend.) Nun, wenn Sie es nur erkennen, junger Mann!

Friz. O mit dem verbindlichsten Danke, alter Mann!

Baron. Eben nicht gar zu alt, mit Ihrer Erlaubniß!

Friz. Auch nicht gar zu jung, mit Ihrer Erlaubniß!

Baron. Doch sind Sie immer jung genug, um von mir gute Lehren und Anweisungen anzunehmen.

Friz. O was das betrift, diese (auf die Tasche schlagend) Anweisung werde ich mir nicht zweymal wiederholen lassen, dafür steh ich Ihnen!

Baron. Das soll mir recht lieb seyn! Zeit ists, daß Sie —

Graf. (Tritt zwischen sie.) Nun hört auf. Ich bin das disputiren satt. — (Leise zum Baron.) Laß es nur gut seyn, wenn ich den Burschen allein habe, will ich ihm schon den Text le-

lesen. — (Laut.) Also Herr Bruder, wie gesagt, laß die Sache beygelegt seyn. Mein Neffe hat es nicht so böse gemeint. Ein toller Jugendstreich, weiter nichts. Ich steh Dir dafür, er soll ihr keinen solchen Brief mehr bringen! Versprichst Dus auch Neffe? (Indem er ihm winkt.)

Friz. (Lachend.) Ich? Ich gebe mein Ehrenwort.

Graf. Also, damit Punktum! Und zum Beweiß, daß Friede zwischen uns ist, so dächt ich Du äßest diesen Abend mit Deiner Braut die Suppe bey mir.

Baron. Brüderchen, in der That, Du mußt mich excusiren —

Friz. (Heimlich.) Lieber Onkel, Sie müssen die Braut weglassen.

Graf. Oder willst Du lieber allein kommen? Wahrhaftig, ich lasse Dich nicht los. Wenn Du es mir abschlägst, so bild ich mir ein, Du hast einen heimlichen Groll —

Baron. Es wird schwerlich —

Friz. Herr Baron, zum Zeichen der Aussöhnung!

Graf. Laß Dich doch nicht so lange nöthigen!

Baron. Nun, wenn Du denn durchaus darauf bestehst, meinetwegen. Also auf Wiedersehn! — (Ab.)

Achter Auftritt.

Graf und Friz Frohburg.

Graf. (Umarmt ihn.) Liebster bester Herzensfriz! sey nicht böse auf mich! Hast da müssen um meinetwillen eine Menge Sottisen verschluschlucken. Aber sieh nur, ich konnte doch ohnmöglich sagen: der Brief ist von mir! — Gieb ihn her den verwünschten Brief, ich will ihn — Doch nein, behalte ihn! Wirf ihn ins Feuer! Daß er mir nicht wieder vor die Augen kommt, das bitte ich Dich! — Aber aufbrechen hätte sie ihn doch wenigstens können, nicht wahr? — — — Sag mir doch einmal, was sagte sie denn, als Du ihr den Brief — Nein, weißt Du was? Sag mirs lieber nicht! Ich will kein Wort mehr davon wissen. — — — Sage mir, was hälst Du von der ganzen Geschichte?

Friz. Lieber Onkel —

Graf. Sieh, es ist mir so etwas besonders, so etwas dunkles dabey, das ich mir nicht erklären kann. Die Treue, die Aufrichtigkeit des Mädchens gegen den alten häßlichen Kerl ist mir nicht natürlich. Ich glaube, sie hat irgend einen verdeckten Liebeshandel, und spielt die Offenherzige gegen den Baron, blos damit sie ihn auf der andern Seite desto besser betrügen kann.

Friz. Das ist möglich lieber Onkel.

Graf. Nicht allein möglich, höchst wahrscheinlich, beynahe gewiß ists. Und wenns so ist, so sage ich: das Mädchen ist gescheuter als ich, daß sie mir den Brief wieder zurückgeschickt hat. Hat sie mich aber blos um des Barons willen abgewiesen, so — will ich in meinem Leben nicht sagen, daß ich einem Menschen ähnlich sehe.

Friz. Und gleichwohl, lieber Onkel, der Geschmack ist verschieden!

Graf. Wenn auch! Es ist doch nicht möglich, daß sie den Baron gern haben kann. — — Hm! ich weiß nicht — ich interessire mich ordentlich für das Mädchen. — Ich glaube, ich bin

bin immer noch — Nein! ich bins nicht mehr! Ich für meine Person, ich thue Verzicht auf sie, und bin zufrieden, wenn sie nur der Baron nicht bekommt. Mag sie doch meinetwegen heurathen wer will, nur der alte Krückenstösser nicht. — Sackerlot Neffe! Ich habe einen Einfall! Mein Burgunder soll mir diesen Abend herrliche Dienste thun. Er muß einen Rausch bekommen, und dann — (er steht in Gedanken.)

Friz. Nun? und dann lieber Onkel?

Graf. Ja und dann — schwarz auf weiß. — Du sollst morgen Dein blaues Wunder sehn, Neffe! — Ein halb Dutzend Flaschen wend' ich dran; aber dann nenne mich auch, wie Du willst, wenn die Sache nicht eine andre Wendung bekommt. (Ab.)

Friz. Ich wollte sie hätte sie schon! — Guter Onkel, ich weiß zwar dein Projekt nicht, aber ich fürchte, du wirst mit deinem Burgunder nicht viel zwingen! — Wenn das (indem er Henriettens Billet hervorzieht) nicht die andre Wendung giebt — (Er liest.) „Gegen „Mitternacht in der Nähe unsers Vorsaals „auf. — — Erwarten — Ihre Henriette." — (Er küßt den Namen.) Engel! — Dinge von Wichtigkeit hat sie mir zu sagen? (Er steht in Gedanken.)

Neunter Auftritt.

Friz, und Johann.

Johann. Nun, endlich find ich Sie doch, gnädiger Herr! — Aber was ist das? Sie stehen ja so ernsthaft, so melancholisch da, als ob Sie hätten einen Wechsel bezahlen müssen? — Und wo ich recht sehe, so haben Sie ihn gar noch in den Händen.

Friz.

Friz. (Indem er ihm das Billet offen hinhält.) Ja, aber einen Wechsel, den ich bezahlt bekomme.

Johann. Sie? — (Er nimmt ihm das Billet aus der Hand.) Erlauben Sie doch, der Rarität wegen. Aha! Ich verstehe! — (Er liest.) „Dinge von Wichtigkeit" — Das ist etwas, aber wichtige Dukaten wären doch noch besser. — (Er giebts wieder zurück.) Und wie sind Sie denn zu dem Billet gekommen?

Friz. Durch den Baron hat sie mirs geschickt —

Johann. Durch den Baron? Durch ihren eignen Bräutigam?

Friz. Ja doch! (Im Gehn.)

Johann. Und er hats Euer Gnaden — Was das für Manier ist! Mich mitten im Diskurs stehn zu lassen und fortzugehn! Aber so gehts: Wenn die Herren sehn daß sie unser Einem nicht durchaus nöthig haben, so fangen sie gleich an, einem en Bagatell zu traktiren. — Wenn das unter den Verliebten Mode wird, daß sie einander ihre Aufträge und Billets durch die Bräutigams zuschicken, das wird eine tröstliche Zeit für uns arme Bedienten werden! Kein Douceur, kein Schürzenstipendium, kein Zaumgeld mehr: Monsieur muß von seinen zehn oder zwölf Gulden monathlich leben. Das du toll würdest! — Wenn das ist, so bin ich im Stande und geh aus Desperation unter die gnädigen Herrn: Das soll ein Metier seyn, wozu man in der Regel weiter nichts zu können braucht, als essen, trinken, spielen, und schlafen, und ich möchte den sehen der es in diesen drey Künsten mit mir aufzunehmen wagt! (Ab.)

Vier=

Vierter Aufzug.

Erster Auftritt.

Graf Frohburg, Friz und Baron See‑
burg (sitzen noch am Tisch, wo sie das
Abendessen eben geendiget haben, bey
der Flasche.)

Graf. (Ein wenig berauscht.) Nun stoß
an Brüderchen! Es leben alle glückliche Bräuti‑
gams! he he he!

Seeburg. (Indem er anstößt.) Sie sollen
leben!

Graf. Das kannst Du immer auch mittrin‑
ken, Neffe.

Friz. (Stößt mit dem Baron an.) Von
ganzem Herzen!

Seeburg. (Ernsthaft.) Recht vielen Dank!

Graf. (Ihm nachäffend.) Recht vielen
Dank! — Ha ha ha! Nun, das ist zum Toll‑
werden! — Merkst Du denn nicht, daß Du ge‑
foppt wirst?

Friz (Für sich.) Das ist ein wenig stark!

Graf. Sag mir, zählst Du Dich denn auch
unter die glücklichen Bräutigams?

Seeburg. Ja wohl thu ich das! Du wirst
doch nichts dagegen haben?

Friz. Eigentlich, lieber Onkel, giebt es gar
keinen unglücklichen Bräutigam. (Steht auf.)

Graf. Wohlgesprochen! Unser Glück besteht
doch mehrentheils in der Einbildung. Und ich
pflege immer zu sagen, der Brautstand ist der
Stand

Stand des Glaubens, so wie der Ehestand der Stand des Schauens ist. — Aber Brüderchen, bey Dir gehört ein verdammt starker Glaube dazu!

Seeburg. Warum denn aber? Ich sehe gar nicht ein, warum bey mir ein stärkerer Glaube seyn müßte, als bey andern Leuten?

Friz. (Hat sich indessen unbemerkt nach der Thür zurückgezogen, und verschwindet.)

Zweyter Auftritt.

Graf Frohburg, Baron Seeburg.

Graf. Sag mir einmal, hast Du Dich niemals recht genau im Spiegel betrachtet?

Seeburg. Ey was! Ich besehe mich mein Lebtage nicht im Spiegel!

Graf. Daran thust Du recht wohl! Denn das wär der beste Weg wie Du Dir selbst recht von Herzen gram werden könntest. Ha ha ha!

Seeburg. (Für sich.) Der Narr ist betrunken! Ich muß ihn schon schwatzen lassen! — (Laut indem er einschenkt.) Das ist wahr, ein herrliches Glas Wein!

Graf. Trink nur Herr Bruder, wenn er Dir schmeckt. Ich habe noch mehr im Keller! — Was ich sagen wollte. — Ja! — Du mußt mir's nicht übel nehmen! — Ich kann's unmöglich glauben, daß Dir ein junges hübsches Mädchen, das den Kopf auf dem rechten Flecke hat, gut seyn kann. Deine Kalmuckenphisiognomie, und die Spitzbubenaugen — Deine Gesundheit! (Trinkt.)

Seeburg. Ey so höre doch einmal auf mit Deinen Sticheleyen!

Graf.

Graf. Wir sind ja unter uns, und es ist so lange her, daß wir kein Glas Wein mit einander getrunken haben! — Ja, — das wollt ich sagen: Die Mädchen haben wohl so die kleinen Spitzbübereyen gern, aber das hämische, das tükische, das in Deinem Gesicht ist — Höre, Du siehst mir immer aus, als ob Du Deinem eignen Gesicht selbst nicht recht trautest. Ha ha ha! — Aber nimm mir's nicht übel Herr Bruder!

Seeburg. Ach, wer wird denn einem Betrunkenen etwas übel nehmen?

Graf. Einem Betrunknen? Ha ha ha! Trunkner Mund, wahrer Mund! — Aber ich bin nicht betrunken, ich! So einen kleinen Hieb fühl ich wohl, aber das thut nichts. Ich weiß noch alles was ich thue und rede. — Höre, wenn Du schweigen kannst, so will ich Dir wohl ein Geheimniß anvertrauen.

Seeburg. Nun?

Graf. Aber versprichst Du mir auch, reinen Mund zu halten?

Seeburg. Auf Ehre!

Graf. Das Billet das mein Neffe Deiner Braut gebracht hat, war von mir! ha ha ha!

Seeburg. Von Dir?

Graf. Ja ja, von mir! Ha ha ha! — Denkst Du denn nicht, daß unser eins auch Geschmak hat? Es ist mir gerade gegangen, wie einem gewissen alten Baron von Seeburg —

Seeburg. Du bist ein Narr!

Graf. Nun ja, das sag ich ja eben! Ich bildete mir ein, daß ich es allenfalls noch mit einem jungen Mädchen aufnehmen könnte: Aber gehorsamer Diener! Sie hat mich schön abgefertigt!

See-

Seeburg. Das ist mir recht vom Herzen lieb, denn es beweißt —

Graf. Es beweißt, daß ein Mädchen von achtzehn Jahren oft klüger ist als ein Kerl von funfzig, und das freut mich um des Mädchens willen.

Seeburg. O, mich freuts auch um meinetwillen!

Graf. Du bildest Dir also wohl gar ein, sie hat's um Deiner grauen Haare willen gethan? He he he! Was das für stolze Gedanken sind! — Höre Brüderchen, glaubst Du denn im Ernste, daß das Mädchen aufrichtig gegen Dich ist?

Baron. Hab' ich nicht Beweise?

Graf. Eben diese Beweise kommen mir verdächtig vor. — Ich lasse mich prellen, wenn nicht etwas anders dahinter steckt.

Baron. Und was soll denn dahinter stecken?

Graf. Sie hat einen andern auf dem Rohre, und sucht Dich blos durch ihre verstellte Ehrlichkeit sicher zu machen.

Baron. Ah, Possen! Wie soll denn das möglich seyn? Es kommt ja keine Seele in mein Haus. In der ganzen Zeit die sie bey mir ist, hat sie kein männliches Geschöpf gesehn und gesprochen, als meinen Sohn.

Graf. Und wenns nun der wär?

Baron. Da müßt ich doch auch etwas davon wissen!

Graf. Ey, Dich würden sie auch gerade dazu nehmen! He he he!

Baron. Ich sage Dir aber, daß das unmöglich ist.

Graf. Und warum denn unmöglich? Es wär ja nicht das Erstemal, daß ein Sohn seinem Vater ins Gehege gieng! Und, unter uns gesagt, ich glaube nicht daß ein Sohn bey einem

Va-

Vater wie Du bist viel Gefahr läuft. — Deine Gesundheit!

Baron. Ich will jezt nicht mit Dir streiten, denn heute ist nicht viel mit Dir anzufangen, aber das kann ich Dir sagen, daß Du Dich gewaltig in Deiner Vermuthung irrst. Du solltest sie nur einmal beysammen sehn, so würdest Du es mir einräumen. Sie sagen einander auf das zweyte Wort Bitterkeiten —

Graf. Thun Sie das? O so sind sie ja zu einem Ehepaar geboren. — Brüderchen, ich kanns nicht zugeben, daß Du auf Deine alten Tage noch so einen dummen Streich machst. Gieb das Mädchen Deinem Sohne zur Frau!

Baron. (Steht auf.) Du willst vermuthlich daß ich fortgehn soll?

Graf. Ey gehorsamer Diener! Dafür wollen wir gleich sorgen. (Er geht nach der Thüre, verschließt sie und steckt den Schlüssel in die Tasche.)

Baron. (Für sich.) Das ist ein alter Narr! Ich muß nur antworten wie er's haben will. Am Ende wage ich auch nichts dabey, denn morgen früh weiß er doch kein Wort mehr davon.

Graf. (Wieder zurückkommend.) Nun entlauf einmal, wenn Du kannst! — Erst noch ein Gläßchen! komm her — Trink, das stärkt die Vernunft. — Was sagst Du zu meinem Vorschlage? Ueberlege Dir ihn —

Baron. Das hab ich schon gethan.

Graf. Und hab ich etwa nicht recht?

Baron. Ey freylich hast Du!

Graf. Also Du giebst sie Deinem Sohne?

Baron. Ja doch, ja, alles was Du willst!

Graf. (Springt auf und umarmt ihn.) Herzensbrüderchen! Hab ichs doch gedacht, daß Du

noch

noch in Deinen alten Tagen zur Vernunft kommen würdest. — Aber hör einmal, des Menschen Wille ist veränderlich. Am besten ists wir machen die Sache schwarz auf weiß. Warte, ich will einen Revers aufsezen. (Er sezt sich an den Schreibtisch und schreibt.)

Baron. (Für sich, indem er sich einschenkt.) Daß Du toll würdest, mit Deinem Revers. Du kannst lange warten bis ich unterschreibe!

Graf. (Steht wieder auf.) Es ist doch sonderbar! Betrunken bin ich nicht, das siehst Du, aber die Buchstaben schwimmen mir alle auf dem Pappiere herum. Ich bin nicht im Stande ein Wort zu schreiben, und wenn ich mein Leben damit retten könnte. Weißt Du was Brüderchen? Schreib Du Dir Deinen Revers selbst. Da ist die Feder.

Baron. Aber so laß es doch nur bis morgen.

Baron. Nein nein! Ich muß das Eisen schmieden, weil es warm ist! Umsonst sollst Du mir meinen Burgunzer nicht getrunken haben. Schreib nur, schreib. Ich will indessen Siegellack und Pettschaft holen, denn es muß alles hübsch legal zugehn; alles legal! (Ab in ein Seitenzimmer.)

Dritter Auftritt.

Baron Seeburg (allein.)

So? — „Umsonst sollst Du mir meinen Burgunder nicht getrunken haben?" — Ey ey! Also war das wohl so ein ausgerechnetes Plänchen, mich erst zu besaufen, und dann — Sieh doch! Wie fein! Aber Baron Seeburg läßt sich auch gleich so übertölpeln! — Hm! Was der Neid nicht thut. Weil Er bey dem Mädchen
durch-

durchgefallen ist, soll ich sie auch nicht haben! — (Er schenkt sich ein und trinkt.) Holla, da fällt mir ein Gedanke ein! — Warte! dich will ich in deinem eigenen Netze fangen! (Er sezt sich nieder und schreibt.)

Vierter Auftritt.

Baron Seeburg und Graf Frohburg.

Graf. Schreibst Du noch? — Höre, es ist mir eben eingefallen, daß wir auch ein Reugeld hinein setzen müssen.

Baron. Das versteht sich! So ein fünf und zwanzigtausend Gulden, nicht wahr?

Graf. Ah was! Setzen wir Sechzigtausend! (Lacht heimlich in den Bart.)

Baron. Auch recht! Wie Du willst! (Schreibt lachend weiter.) So wär der Revers fertig. Willst Du ihn lesen?

Graf. Ich hab Dir ja schon gesagt, daß meine Augen nicht fort wollen!

Baron. Nun so will ich Dir ihn vorlesen: „Endesunterschriebener Baron von Seeburg „macht sich gegen mit unterschriebenen Grafen „von Frohburg durch gegenwärtigen Revers „anheischig, seinem Sohne, Karl Baron von „Seeburg das Fräulein Henriette von Fernau „zur Gemahlinn zu geben: Zugleich aber auch „macht er sich verbindlich, im Fall er diesem „Versprechen, es sey auch unter welchem Vor„wande es immer wolle, nicht nachkommen „sollte, an oberwähnten Grafen von Frohburg „die Summe von sechzigtausend Gulden als „Reugeld zu bezahlen. So geschehn — u. s. w.

Graf. Recht so! — Hast Du's schon unterschrieben?

Ba=

ein Originallustspiel.

Baron. Unterschreib Du nur zu erst. Rang hat Ehre.

Graf. (Mit der Feder.) Possen! ich glaube Du machst Komplimente. (Er schreibt.) Ich glaube kaum, daß man es wird lesen können. (Er siegelt.)

Baron. O ja recht gut! Nun laß mich auch schreiben. — (Schreibt.) So! — Und nun noch ein Gläßchen zur schuldigen Danksagung, und keinen Tropfen weiter! (Er legt indeß daß der Graf einschenkt den Revers zusammen, und steckt ihn ein.)

Graf. (Lachend.) Du hast Recht, ich glaube selbst daß es Zeit ist. (Für sich.) Hab ich doch nun was ich wollte! (Sie trinken.)

Baron. Also gute Nacht Brüderchen.

Graf. Gute Nacht! Laß Dich den Handel nicht reuen, den Du getroffen hast. He he he!

Baron. O ganz und gar nicht! Morgen wird sich das alles ausweisen! He he he! (Beyde ab.)

Fünfter Auftritt.

(Zimmer des zweyten Akts.)

Nannette, und Lischen.

Nanette. Weißt Du, ob der Graf schon zu Bette ist?

Lischen. Noch nicht, gnädiges Fräulein. Ich hörte eben erst den Baron von ihm gehn.

Nanette. Wenn ihm Karl nur nicht in den Wurf kommt!

Lischen. O für diesen Abend kommt der alte Herr wohl nicht wieder zum Vorschein. Es ist glaub ich — (sie zeigt auf die Stirn) hier

nicht

nicht recht richtig. — Aber der Herr Hofrath bleibt dießmal ungewöhnlich lange. Es geht schon stark auf Mitternacht.

Nanette. Horch! Ich dächte, ich hörte etwas im Vorsaale!

Lischen. Mir ists auch so! — Ich will doch sehn!

Nanette. Ums Himmelswillen kein Licht! (Lischen ab, kommt aber gleich wieder mit Friz Frohburg zurück.)

Sechster Auftritt.

Vorige, Friz Frohburg.

(Lischen thut einen Schrey und hält die Hand vor die Augen, Nanette steht in äuserster Verwirrung stumm und erschrocken.)

Friz. (Für sich, nach einer langen Pause, während welcher er eine um die andere angesehn hat.) Aha! Ich merke schon. Ein Qui pro quo. Dafür sollt Ihr mir büssen! — (Laut.) Darf ich fragen mein gnädiges Fräulein, warum Sie mich so geheimnißvoll und zu dieser Stunde bey sich einführen lassen? Es ist freylich ein wenig ungeschickt, ein hübsches Mädchen, das einen zu sich holen läßt, zu fragen, was es bedeuten soll? Aber Sie müssen doch auch gestehn daß der Fall sonderbar ist: Wir können einander bey Tage so oft und so viel wir wollen sehen und sprechen, und gleichwohl — Aber jezt fällt mirs ein: Sie sind vielleicht eine Liebhaberinn aus der Siegwartschen Schule? Wollen wir etwa einander unter den schmelzenden Tönen der liebeklagenden Nachtigall im Angesichte des keuschen Mondes ewige Treue schwören? Ich bin von ganzem Herzen zu Ihrem Befehl.

fehl. Ich glaube ich kann ganz leidlich schwören, wenn es Ihnen beliebt eine Probe von
mir zu hören. Und ich will Ihnen meine Treue
lieber mit zehntausend der herzlichsten Eidschwü-
re, als mit zehn Dukaten Kaution versichern.

Nanette. (Aufgebracht.) Sie sind aber auch
äußerst unverschämt!

Friz. Unverschämt! Ich lasse mich um Mitternacht durch Ihr Kammermädchen beym Ermel
in Ihr Zimmer ziehen; ich bitte Sie, was kann
in unserm Zeitalter bescheidner, was kann ver-
schämter seyn? (Man hört an der Thür ein
leises Klopfen. Nannette winkt Lischen daß
sie hingehn soll; Friz vertritt ihr den Weg.)
Ah, bekommen Sie noch mehr Gesellschaft?
Erlauben Sie, daß ich die Honneurs vom Haus
mache. (Er läuft an die Thür, öfnet sie sacht,
tritt auf die Seite, und Karl Seeburg tritt
ein, ohne ihn zu bemerken.)

Siebenter Auftritt.

Vorige, und Karl Seeburg.

Karl. (Welcher auf Nanetten, die in der
sichtbarsten Verwirrung dasteht, zueilt.) Verzeihen Sie englische Nanette, daß ich so spät
komme — Aber mein Gott! Was fehlt Ihnen?
(Er will ihre Hand ergreifen.)

Friz. (Der hinter ihm her geschlichen ist,
kriecht ihm unter dem Arme weg den er nach
Nanetten ausstrekt, und steht auf einmal Nase an Nase gegen ihn.) O es fehlt ihr im geringsten nichts! Sie hat im Gegentheil etwas
zu viel!

Karl. (Tritt überrascht zurück, faßt sich
aber bald wieder.) Herr wer sind Sie? Und
was wollen Sie hier?

Friz.

Friz. Um Vergebung, dieselbe Frage wollte ich eben Ihnen thun. Ich gehöre mit Ihrer Erlaubniß ein wenig hier in's Haus.

Karl. Ich bin ein glücklicher Sterblicher, der auf das Herz dieses Engels gegründete Ansprüche hat, und bereit ist, diese Ansprüche mit seinem lezten Blutstropfen zu vertheidigen.

Friz. Aber mein Gott, warum sagen Sie denn das nicht in einer etwas weniger überirrdischen Sprache? Wahrhaftig, wenn sich nicht der menschliche Blutstropfen drein gemischt hätte, so verstünd ich sie kaum. Sie sind also der Liebhaber des Fräuleins; ich bin nur ihr Bräutigam: Nichts billiger also, als daß ich Ihnen Platz mache, denn das ist so in der Regel. (Im Vorbeygehn zu Nanette.) Daraus können Sie schliessen, was ich einmal für ein toleranter Ehemann seyn werde. (Er geht nach der Thür.)

Achter Auftritt.

Vorige, und Henriette.

Friz. Nun wahrhaftig, das ist Feerey! Sind Sie es wirklich meine Henriette?

Henriette. Von ganzem Herzen! (Sie giebt ihm die Hand.) Aber eigentlich vermuthete ich Sie nicht hier. — Sie, liebes Fräulein verzeihen, daß ich so geradezu eintrete. Unsre Bekanntschaft ist zwar erst von heute, aber ich fühlte vom ersten Augenblicke indem ich Sie sah, ein Verlangen, Sie zu meiner Freundinn zu machen; hätte ich eher aus meinem Kefich entkommen können, als diesen Augenblick — Aber was seh ich? Mein hofnungsvoller Herr Stiefsohn auch hier?

Friz.

Friz. Ihr Stiefsohn? Also wohl der ——

Henriette. Baron von Seeburg, der eben nicht zum besten auf mich zu sprechen ist, sich aber wohl im Kurzen eines andern besinnen wird.

Karl. (Küßt ihr die Hand.) Der es schon gethan hat, mein Fräulein! Ihre Erscheinung hier ist ein deutlicher Beweiß, wie sehr ich Ihnen Unrecht gethan habe.

Henriette. Und Ihre Gegenwart hier ist mir ein Beweiß — (Indem sie Nannetten lächelnd ansieht.) Ja ja! ganz gewiß! — Nehmen Sie Sich in Acht meine Freundin! Es ist ein schwarzes Complott gegen Sie im Werke. Sie sollen entführt werden.

Nannette. (Scherzhaft.) Je nun! Wenn mich nur einer entführt, mit dem ich gern davon laufe!

Frinz. Gehorsamer Diener! Da muß ich auch dabey seyn! — Oder meinen Sie, schöne Henriette, daß ich sie laufen lasse? Sie hat mich ohnedieß eben plantirt! Denken Sie: Mich läßt sie durch ihr Mädchen hier ins Zimmer führen, damit ich sehen soll, daß sie mit einem Andern ein Rendesvous hat. — Aber a propos! jezt fällt mirs eben ein: Sie geben mir ein Rendesvous, und gehn um dieselbe Stunde aus? Wie soll ich mir das erklären?

Henriette. Das will ich Ihnen sagen. Ich hatte das Billet an Sie kaum fortgeschickt, so reute mich auch der unbedachtsame Schritt schon, den ich da gethan hatte. Mein böses Gewissen mahlte mir jede Gefahr, die ein junges Mädchen bey solchen Gelegenheiten läuft, mit den lebhaftesten Farben vor.

Friz. Aber mein Gott! Bin ich denn meiner Henriette so furchtbar?

Henriette. Und möchten Sie wohl ein Mädchen lieben, dem Sie ganz und gar nicht furchtbar wären? — — Ich suchte Gründe meine Unbesonnenheit zu entschuldigen. Ich erinnerte mich so manches schönen Zuges, den ich ehemals in Ihrem Charakter entdeckt hatte, so mancher guten Handlung, die Sie zwar im Verborgnen begangen hatten, die aber doch meiner Aufmerksamkeit nicht entgangen war. Alles konnte mich nicht beruhigen. Halb für Angst, und — warum soll ichs nicht gestehn? — halb für Sehnsucht zitterte ich der Stunde entgegen, die ich Ihnen gegeben hatte, als ich durch ein Seitenfenster hier im Zimmer des Fräuleins Licht entdeckte. Ich beschloß sogleich zu ihr zu eilen, um der Gefahr zu entgehn —

Nanette. Die Sie eben hier finden! Ja welcher Mensch kann seinem Schicksale entgehn! Sie sehen, daß ich in gleicher Verdammniß mit Ihnen bin, meine Freundin: Und eben das soll denk ich, unsre Freundschaft desto fester machen, denn was zieht wohl die Bande der Herzen enger zusammen, als gleiche Lagen und Verhältnisse? (Sie umarmen sich.)

Friz. Nun lieber Baron, auch wir wollen dem Bündnisse beytreten: Die Hand her: Sie helfen mir von meiner Braut, und ich helfe Ihnen dafür von Ihrer Stiefmutter. Sind Sie das zufrieden?

Karl. (Schlägt ein.) Von ganzem Herzen!

Nanette. Man höre doch, wie bescheiden die Herren sprechen. „Sie helfen mir von meiner Braut!" Als ob ich ein Uebel wär, von dem man Ihnen helfen soll.

Friz. Jezt sind Sie noch keines, aber Sie könnten eins für mich werden! Wissen Sie nicht daß auch sogar die Strahlen der alles belebenden

den, alles verschönernden Sonne zuweilen tödlich werden können?

Nanette. Das muß man gestehen, Sie flechten Ihre Körbe ausserordentlich fein! — Also lieber Baron, ich muß mich wohl einzig und allein an Sie halten, wenn ich unter die Haube kommen will.

Friz. Wissen Sie was? Ich habe ein Plänchen. (Zu Henrietten.) Sie müssen nicht wieder hinüber nach Ihrem Zimmer gehn, sondern die Nacht bey dem Fräulein zubringen.

Henriette. Und warum das?

Friz. Das sollen Sie gleich hören. — Mich muß der Baron mit zu sich nehmen. Morgen früh komme ich geheimnißvoll nach Hause, verbiethe dem ganzen Hausgesinde, meinem Onkel nichts zu sagen, daß ich die Nacht aus war, und so erfährt er's am Ersten. Indessen vermißt man Sie. Man sucht Sie überall, nur gewiß in des Fräuleins Schlafzimmer nicht, und wenn man sich denn recht müde gesucht und gefragt hat, so komm ich mit dem bußfertigen Geständniß zum Vorschein, daß ich Sie in meiner Verwahrung habe —

Henriette. Aber mein guter Name —

Friz. Läuft dabey keine Gefahr, denn der Erfolg muß Sie ja rechtfertigen. — Mit meinem Onkel will ich dann schon fertig werden, Ihrem Alten setz ich den Daumen aufs Auge, und das Fräulein wird mich auf einmal los, und kann heurathen — wen sie will. Ist mein Plan nicht gut?

Nanette. Vortreflich! Finden Sie ihn nicht auch so, meine Freundinn? Auf Sie kommt es nun an, ob wir alle glücklich seyn sollen. Lassen Sie mich nicht umsonst bitten: Es ist ja eine blosse Titularentführung.

Henriette. Nun denn, um Ihrentwillen —
Friz. Nicht auch ein wenig um Ihrer Selbst
willen, Henriette? (Er küßt ihr die Hand.)
Henriette. (Schlägt ihn auf den Mund.)
Pfui doch! Wer berechtigt Sie denn, mir solche Gewissensfragen zu thun?

Neunter Auftritt.

Vorige, und Graf Frohburg.

Graf. Ey, ey, ey! Sieh doch! Da ist ja noch Gesellschaft! Und hübsch Paar und Paar, wie in der Arche Noah! — Nun, was steht Ihr denn da wie die Bildsäulen? Seyd doch lustig, ich bin auch lustig. — Sie kleine Grausamkeit, Sie — (Er küßt Henriettens Hand.) Ich bedanke mich schön, für die lange Nase! Aber, stumm von der Affaire! Das bleibt unter uns! — Aber sagt mir doch einmal, wie kommt denn Ihr alle daher? He?

Friz. Lieber Onkel — wir — wir —

Graf. Ha ha ha! Es geht Euch wie mir, das hör ich schon! Und wenn Ihr mich tod schlagt, ich könnte es Euch nicht sagen, wie ich hier hergekommen bin. Ich will mir aber auch den Kopf nicht weiter damit zerbrechen — Hört Kinder, den Alten hab' ich zugedeckt! Den hab' ich angeführt! Ha ha ha!

Nanette. (Leise.) Mein Gott! So hab' ich ihn in meinem Leben nicht gesehn!

Henriette. Wenn ihn der Baron lachen hört, und herüber kommt —

Graf. He he he! Wenn ich wollte, so könnte ich Euch die ganze Sache erzählen, aber ich werde kein Narr seyn! Ihr werdet Augen machen, wenn der Revers morgen zum Vorschein kommt!

kommt! Ihr werdet Augen machen! — Hören Sie, liebes Mädchen! (Zu Henrietten.) Was gäben Sie mir, wenn ich Ihnen statt Ihres alten häßlichen Barons einen hübschen jungen Bräutigam verschafte, der — ich will niemanden nennen — ohngefähr so aussäh wie — (auf Karl zeigend) der da! He he he! (Er lacht fort.)

Friz. (Zu den Frauenzimmern.) Schleichen Sie Sich nur beyde fort. Ich will schon sehn daß ich ihn zu Bette bringe. — Es bleibt bey unsrer Abrede! (Henriette und Nanette gehn durch eine Seitenthür ab.)

Graf. Höre Neffe, das ist ein Meisterstreich den ich da gemacht habe! — Aber wo sind denn die Mädchen hin?

Friz. Sie sind schlafen gegangen, lieber Onkel. Ich dächte wir thäten es auch.

Graf. Meinst Du das es Zeit ist? Ich glaub's beynahe selbst. — Es ist heute gar nicht richtig hier! (Auf den Kopf zeigend.) Aber der Rausch den ich mir heute getrunken habe, reut mich nicht. Morgen Jungens, morgen sollt Ihr erst sehen was der alte Franz Frohburg für ein Vocativus ist! Weiter sag ich nichts. Sie Baron, Sie werden mirs am mehresten Dank wissen. — Kurz, wenn nicht die Sachen morgen eine ganz andre Physiognomie haben, so sagt, daß der Weinhändler, der meinen Burgunder gemacht hat, ein Pfuscher ist. (Sie führen ihn ab.)

Fünfter Aufzug.

(Zimmer wie zu Anfange des vierten Akts.)

Erster Auftritt.

Graf Frohburg, (in Morgenkleidung, kommt aus einem Seitenkabinett.)

Ich glaube doch im Ernst, daß ich gestern etwas mehr getrunken habe, als ich sollte! Mein Kopf ist mir so wüste! — Indessen, es war ein Rausch aus frommen Absichten, und da mags noch so hingehn. — Wo hab ich denn nun gleich den Revers hingesteckt? — Auf dem Tisch da ist er geschrieben worden, das besinn ich mich noch ganz deutlich, da wird er wohl noch liegen — (Er sucht unter den Papieren.) Nein! da ist nichts davon zu sehen und zu hören! Hm! — (Er klingelt, ein Bedienter kommt.) Sieh doch ob in dem Kleide das ich gestern anhatte ein Pappier steckt. (Bedienter ab, kommt aber gleich wieder.)

Bedienter. Nein gnädiger Herr, es steckt nichts darinn.

Graf. Nichts? — Hm! Da muß ihn der Baron haben? — Da hab ich einen feinen Streich gemacht, das muß ich selbst sagen! Lasse das Dokument in den Händen des Ausstellers! — (Zum Bedienten.) Weißt Du ob mein Neffe zu Hause ist?

Bedienter. Er ist eben erst nach Hause gekommen.

Graf.

Graf. Jezt erst?

Bedienter. Ja, gnädiger Herr, aber er hat befohlen, wir sollen Euer Gnaden nichts davon sagen: Er ist die ganze Nacht ausgewesen.

Graf. So? ——— (Nach einer Pause.) Sieh hinüber, ob der Baron aufgestanden ist. Sage nur, ich hätte etwas mit ihm zu sprechen. (Bedienter ab.)

Zweyter Auftritt.

Graf Frohburg, und Friz.

Graf. Du bist mir ein sauberer Zeisig, Du! Gleich die erste Nacht außer dem Hause herum zu schwärmen. Schickt sich das für einen Bräutigam?

Friz. Hat man mich also doch verrathen?

Graf. Und ist das wohl ein Wunder, wenn ein Bedientengeheimniß ruchtbar wird? — Um meinetwillen ist mir's nicht, aber wenn es Nanette erfährt —

Friz. O die weiß darum, lieber Onkel, es geschah mit ihrer Einwilligung.

Graf. So? Wenn das ist, so geht michs gar nichts an.

Dritter Auftritt.

Vorige, und Nanette.

Graf. Ist's wahr, Nanette, daß es mit Ihrer Bewilligung geschah?

Nanette. Was denn Herr Graf?

Graf. Daß mein Neffe die Nacht außer dem Hause zugebracht hat?

Nanette. Und braucht er mich deßwegen um Erlaubniß zu bitten?

Friz. (Küßt ihr die Hand.) O mein Fräulein, ich kenne meine Schuldigkeit!

Vierter Auftritt.

Vorige, Baron und Karl Seeburg.

Baron. Guten Morgen, Brüderchen! Ich bringe mit Deiner Erlaubniß meinen Sohn gleich mit.

Graf. Das ist mir recht lieb. — Sage mir, hast Du gestern Abends den Revers zu Dir gesteckt?

Baron. Ja, das hab ich! (Er zieht ihn aus der Tasche.) Er ist in guten Händen, aber er soll in noch beßre kommen. — Mein Sohn, Du wirst Dich noch unsers gestrigen Gesprächs erinnern, und des gewissen Reverses, den Du mir unter einer gewissen Bedingung versprachst.

Graf. Aber sag mir, warum sprichst Du denn so dunkel?

Baron. O, es wird gleich alles klar und deutlich werden. — Dieses Pappier hier wird Dir beweisen, daß ich diese gewisse Bedingung erfüllt habe, Du wirst also nunmehr wissen, was Du zu thun hast.

Graf. Aber was willst Du denn mit Deiner gewissen Bedingung?

Baron. Das sollst Du gleich hören. (Er giebt seinem Sohne den Revers.) Da lies uns das laut vor.

Karl. (Liest.) „Endesunterschriebener, Graf „Franz von Frohburg, macht sich gegen mitun„terschriebenen Baron von Seeburg durch ge„genwärtigen Revers anheischig, des leztbe„nann-

„nannten Sohne, Karl, Baron von Seeburg,
„seine Mündel, Nanette von Edelberg zur Ge-
„mahlinn zu geben —"

Graf. Was? — Das steht in dem Revers da?

Karl. Buchstäblich, Herr Graf.

Graf. (Er sieht hinein.) Hm! — Aber sag mir, Baron, so hast Du ja gestern Abend nicht gelesen? Und das war ja auch ganz und gar unsre Abrede nicht?

Baron. Ey, wir halten uns hier nicht an das was ich gelesen habe, sondern an das, was da geschrieben steht.

Graf. Weiter, wenn ich bitten darf!

Karl. (Liest.) „Zugleich macht er sich aber „auch verbindlich, im Fall er diesem Verspre-„chen, es sey auch unter welchem Vorwande „es immer wolle, nicht nachkommen sollte, er „oberwähnten mit unterschriebenen Baron „von Seeburg die Summe von Sechzigtausend „Gulden als Reugeld zu bezahlen, u. s. w."

Graf. (Nach einer kleinen Pause, während der er bald über Karls Achsel in den Revers, bald dem Baron ins Gesicht sieht.) Aber Herr Bruder, Du hast mir ihn gestern Abends auf Ehre ganz anders vorgelesen.

Baron. Ist diese Unterschrift da Deine Hand oder nicht?

Graf. Es ist meine Hand.

Baron. Und das Siegel da?

Graf. Das Meinige. Aber es war die Re-de, daß Du Deinem Sohne das Fräulein Hen-riette zur Frau geben solltest.

Baron. Siehst Du Brüderchen, das pflegt in der Welt nicht anders zu gehn: Wer andern eine Grube gräbt, fällt immer selbst hinein. Du hattest es drauf angelegt, mich zu fangen,

und

und ich habe Dich gefangen. Ich danke indessen für den herrlichen Burgunder, den Du daran spendirt hast. Wenn Du etwa bald wieder Lust bekommst, so einen feinen Streich auszuführen, so schicke nur zu mir. Ich bin zu jeder Zeit und Stunde zu Deinem Befehl.

Graf. Neffe, was meinst Du? Soll ich die sechzigtausend Gulden Reugeld bezahlen?

Friz. Lieber Onkel, ich dächte, Sie fragten das Fräulein darum.

Graf. Was sagen Sie, Nanette?

Nanette. Das ist schön! Ich soll mich selbst tariren! Was meinen Sie Baron? Ob ich wohl sechzigtausend Gulden werth bin?

Karl. Alle Schätze der Welt, mein Fräulein!

Friz. O ho! Daß doch die Liebhaber heut zu Tage ihre Schönen immer zu solchen enormen Preisen hinauftreiben! — Nun sehen Sie ja selbst, lieber Onkel, daß ich unmöglich weiter mitbiethen kann.

Karl. Mein Vater, Sie riethen mir gestern das Fräulein zu entführen; ich verwarf diesen Vorschlag: Die Art, wie ich jezt zu ihrem Besitz gelangen soll, ist — erlauben Sie mir es zu sagen — für einen Mann von Ehre noch verwerflicher: Man soll nicht sagen, daß ich mein Glück einem Betruge zu verdanken habe. Mein Blut, mein Leben gäb ich für Sie, Nanette, aber für diesen Preiß — (Er zerreißt den Revers.)

Baron. Karl! bist Du toll?

Graf. Brav junger Mann! Brav! (Umarmt Karln.) Neffe! Jezt kann ich Dir nicht mehr helfen: Jezt bezahl ich die sechzigtausend Gulden nicht! (Er führt Karln zu Nanette hin.)

Na-

Nanette. (Indem sie Karls Hand nimmt.)
So will ich die Schuld über mich nehmen!

Fünfter Auftritt.

Vorige, und Dorchen (kommt herein mit
der Schürze vor den Augen.)

Dorchen. Ums Himmels willen! Mein Fräulein ist fort!

Baron. Wer?

Dorchen. Fräulein Henriette! Nirgends,
nirgends ist sie zu finden! (Sie verbirgt ihr
Lachen.)

Baron. Wie? Was? Und vorhin sagtest Du,
sie schlief noch?

Dorchen. Ja, ich glaubte es, aber es war
nicht an dem!— Ich wills Ihnen erzählen, wie
es zugieng: Gestern um Mitternacht sagte sie,
sie wollte noch auf ein Viertelstündchen zu dem
gnädigen Fräulein hier herüber gehn. Das war
gut. Ich setze mich in meine Kammer, und
warte immer, bis sie wieder kommen wird,
schlafe drüber ein, und schlafe richtig bis um
acht Uhr diesen Morgen. Das war auch gut —

Baron. Nein, das war nicht gut, zum Teufel! Du hättest sollen munter bleiben —

Dorchen. Aber gnädiger Herr, unser eins
ist ja auch ein Mensch! — Und nun bilde ich
mir ein, sie ist ohne mich zu Bette gegangen.
Ich laure und horche immer ob sie mir klingeln
oder rufen wird; aber da rührte sich kein Mäuschen. Endlich denk' ich: du mußt doch sehn,
was das heißt? Ich gehe in ihr Zimmer, und
finde das Bett gerade noch so wie ich's gestern
aufgebettet habe, und mein Fräulein war weder zu hören noch zu sehn!

Ba-

Baron. Aber wo soll sie denn hin seyn? Du hast nicht gesucht —

Dorchen. Was ich Ihnen sage gnädiger Herr, alles oberste zu unterst gekehrt haben wir, alle Leute im Hause gefragt haben wir, aber keine Seele will etwas von ihr wissen.

Baron. (In der äußersten Angst.) Ich unglücklicher, ich geschlagener Mann! Wenn ihr nur nichts zugestoßen ist!

Friz. Beruhigen Sie Sich, Herr Baron! Das Fräulein ist in guten Händen, dafür steh' ich Ihnen!

Baron. Ist sie? Ist sie? Und wo ist sie denn?

Friz. Sie ist in meiner Verwahrung.

Baron. Wie? Was? In Ihrer Verwahrung?

Friz. Ja Herr Baron! Und ich kann Ihnen sagen, daß sie sich mit mir ungleich besser gefällt als mit Ihnen.

Baron. Das ist ein Raub, eine Entführung!

Friz. Keines von beyden! Sie ist gutwillig mit mir gegangen.

Baron. Ich werde es bey der Obrigkeit anzeigen! (Nanette geht ab.)

Friz. Wenn ich Ihnen rathen soll, so lassen Sie das bleiben, Herr Baron. Die Obrigkeit möchte fragen, was der Herr Vormund für ein Recht hatte, seine Mündel zwey Jahre lang auf dem Lande bey sich wie eine Gefangene einzusperren? Was er für ein Recht hatte, ein junges unerfahrnes Mädchen, das ohne Schuz, ohne Hülfe war, zu einer Heurath mit sich zu bereden, wohl gar zu zwingen, um sich auf diese Art in den Besitz ihres Vermögens zu setzen? — Kurz Herr Baron, lassen Sie die Sache wie sie ist. Henriette steht unter meinem

Schuz,

Schuz, und ich gebe Ihnen mein Wort, daß sie niemand, wer es auch sey, ungestraft anrühren soll.

Graf. (Der bisher nachdenkend da gestanden, geht zu Friz hin.) Höre Neffe, ich wollte doch nicht, daß sie mit Dir davon gelaufen wär!

Lezter Auftritt.

Vorige, Nanette mit Henrietten.

Nanette. (Die das leztere gehört.) Es ist auch so arg nicht, Herr Graf. Das Fräulein hat diese Nacht bey mir zugebracht.

Graf. Hat sie?

Friz. Ja lieber Onkel. Ich hielt das für das beste Mittel, sie mit guter Art aus der Gewalt des Herrn Barons zu bringen. Nach allem was vorgefallen ist, hoff ich nicht daß er noch Umstände machen wird.

Graf. Für den Streich bekommst Du noch zehntausend Gulden Heurathsgut mehr, Neffe! — Und Du Brüderchen, was schneidest Du denn für Gesichter? Pfui doch! Du mußt einmal zu bösem Spiel gute Miene machen! Schuldige Revange für den Revers!

Baron. Ich wollte, daß Du, und der Revers, und Ihr alle — — Aber sagen Sie mir nur, wie sind Sie denn mit dem Menschen da zusammengekommen?

Henriette. Sonderbar, daß Sie das fragen, da Sie es doch waren, der uns zusammenbrachte.

Baron. Ich? Ich hätte das gethan?

Henriette. Ja. Unsre Verbindung ist nicht von gestern, sie ist schon fast drey Jahr alt. Der Tod meines Vaters und die dadurch veran-

laßte

laßte Veränderung meines Aufenthalts hatte uns getrennt. Sie hatten gestern früh die Güte, uns wieder zusammenzubringen.

Baron. Als ich — Je verdammt! Jezt geht mir ein Licht auf! (Alle lachen.)

Henriette. Sie waren so gar so gefällig, gestern nachmittag ein Billet an ihn zu bestellen, worin ich ihm ein Rendesvous gab.

Graf. Also war das wohl nicht einmal mein Billet?

Friz. Nein, lieber Onkel. Das hab ich noch unversehrt hier in der Tasche. Glauben Sie denn, es sind alle Liebhaber so gefällig, wie der Herr Baron, daß sie bey ihren Schönen Briefträgerdienste verrichten? (Alle lachen.)

Karl. Nunmehro, da die Sachen so stehen, mein Vater, verlangen Sie wohl den bewußten Revers nicht mehr.

Graf. Wollte er noch einen haben? Poz Revers und kein Ende! — Ich will Dir etwas sagen, Brüderchen: Laß Dir ihn ja nicht beym Burgunder ausstellen! Mich hat man gewizigt.

Baron. O, mich auch! (Mit einem Seitenblick auf Henrietten.) Mich hat man gelehrt, daß man keinem jungen Mädchen heut zu Tage mehr trauen darf —

Henriette. (Einfallend.) Versteht sich, wenn man schon in die Sechzig ist!

Friz. Aber wenn man so zwischen zwanzig und dreyßig ist, meine Henriette?

Henriette. Hm! — Da kann man's vielleicht schon eher wagen! — In einigen Jahren sollen Sie mir es wieder sagen, ob Sie zu viel wagten! — Verlangen Sie etwa darüber auch einen Revers? (Sie giebt ihm die Hand, der Vorhang fällt.)

❀